式神の名は、鬼③

夜光 花

キャラ文庫

この作品はフィクションです。
実在の人物・団体・事件などにはいっさい関係ありません。

目次

口絵・本文イラスト／笠井あゆみ

一章　鬼やらい

こめかみにうっすらと滲んだ汗をハンカチで拭い、氷室櫂は人だかりの後ろからビルとビルの間の細い路地を覗き込んだ。

立ち入り禁止のテープが張られた先には、警察関係者が大勢いる。鑑識の者だろう。地面に這いつくばって、何かの証拠を撮影している。青いビニールシートがかけられているのではっきりは分からないが、おそらく遺体が転がっているのだろう。何事かと集まった人々が、スマホで現場の様子を撮影している。

「殺人だってよ」

どこからか噂する声が聞こえる。声には興奮と好奇心、そして恐怖が混ざっている。

「全身、ぐちゃぐちゃだったんだって。こえー」

警察が来る前に遺体を目にしたらしき人たちのざわめきが耳にまといつく。櫂は険しい形相で青いビニールシートの辺りを睨みつけた。

「鬼の仕業だな」

櫂の隣に立っていた大男が、ぼそりと呟く。肩までかかる赤く長い毛をゆるく縛り、黒いTシャツにジーンズを穿いた二十代後半くらいの外見の男だ。身体つきはがっしりしていて、身長は二メートル近くある。男の名は羅刹――本名ではないが、櫂はそう呼んでいる。

「ああ……最悪だ」

櫂は眉間を揉み、人だかりから離れた。日本人形のごとき整った櫂の顔立ちに、通りすがりの数人が振り返る。男物のジャケットを着ているので男と分かるだろうが、ラフな格好をしていると未だに女性と見間違えられる。人の多い場所では人目を惹く自分の容姿がうっとうしい。それでなくとも目立つ大男と一緒なのだ。気が休まらない。

「羅刹、周囲を気にするな」

いかつい男と肩がぶつかって一触即発という雰囲気になっている羅刹の腕を引っ張り、櫂は道を急いだ。

遺体を運び去るまで、この野次馬は消えないだろう。新宿三丁目の駅近くの、雑居ビルの路地裏で変死体が発見されたのだ。八月のお盆を過ぎ、うだるような暑さが続いている。昼間のこの時間は、出歩くと汗が噴き出るほどだ。遺体が早く発見されてよかった。この暑さでは劣化が早い。

「お前がいると、邪気が強まる」

櫂は眉根を寄せて、羅刹の背中を叩いた。一見人間のようだが、羅刹の正体は鬼だ。事件現場というただでさえ負の気が強い場所に鬼である羅刹が留まると、この場がさらに禍々しい気を漂わせる。

「それにしてもすごい人だな。祭りでもあるのか？」

羅刹は珍しげにすれ違う人々を眺め、首をかしげている。平日とはいえ正午過ぎの新宿三丁目にはたくさんの人があふれていた。いつ来ても騒がしい人並み、雑多な人間が入り混じる街だ。

「祭りじゃない。いつもここはこんな感じだ。それにしても草太の奴……」

櫂は黒く艶やかな髪をぐしゃりと掻き乱し、無念を滲ませた。同じ陰陽師である安倍那都巳から呼び出しを受けて新宿まで出てきたら、変死体の事件に行き当たった。そこかしこに鬼の気配が残っていて、犯人が人間ではないとすぐに察した。

先ほどの変死体は草太がしたものだろうか？

櫂は嫌な考えを振り払って、雲一つない空を見上げるしかなかった。

櫂は陰陽師の家系に生まれた二十六歳の男性だ。

櫂には幼い頃から抱えている特殊な事情があった。櫂の一族は妖怪や悪鬼の類に狙われていて、満月の夜になると、大量の妖怪たちが血肉を求めてやってくる。陰陽師を生業としていた一族の長が毎回妖怪たちから一族を守り続けてきたのだが、曾祖父や祖父、父が死に、母親は身を守るために離縁し、妹は幼い頃に失踪したままで、現在屋敷には櫂一人が残されている状況だ。

陰陽師としてこれまで百鬼夜行を退けてきた櫂だが、絶望を抱えて生きていた。

櫂は二十歳の時に友人であり、片思いをしていた伊織に殺されかけた。伊織には大蛇の魔物が憑依していたのだ。伊織はその後六年の間、意識不明の状態になり、櫂は呪詛を受け、数カ月後には死ぬ運命にあった。それを阻止すべく、祠に封印されていた鬼——羅刹を解放し、自分のボディガードとして房中術をかけたのだが、羅刹は力は強いが気まぐれで、しょっちゅう櫂の身体を求める困った奴だった。

自分に呪詛をかけたはずの大蛇の魔物は羅刹が倒してくれたが、何故か櫂の呪詛は消えなかった。どうすれば呪詛が解けるか、分からない。振り出しに戻った気分だ。

この頃、最悪の事態が起きた。

櫂は昔、伊織に恋心を抱いていたのだが、それを面白く思わない羅刹と、諍いになった。羅刹の攻撃で櫂は出血し、その血に当てられたのか、同居していた子鬼の草太が一人前の鬼と化し、屋敷を飛び出してしまったのだ。

あれから一カ月近く経ち、櫂の怪我は完治とまではいかないが、普通に生活できるまでになった。だが呪詛は残ったままだし、草太の行方はようとして知れず、手がかりを追ってあちこちをさ迷い歩く状況になっている。

草太に関しては、お手上げの状態だ。屋敷の近くはくまなく捜したし、歩いて行ける範囲は式神を使って行方を追った。けれど草太の姿はどこにもなく、櫂も、草太の母親である雪も途方に暮れた。

一人前の鬼になった草太は、人間を喰うかもしれない。櫂が恐れているのはその点だ。

「羅刹、出かけるぞ」

新聞でそれらしい事件が起こると、櫂は羅刹を伴って現場に向かった。最初は草太が失踪してから二週間後の県境にあるスポーツ施設で起きた事件だった。手足だけが残されたバラバラ死体と見出しがついた事件だ。鬼は人を喰う時、頭部や手足を残すものが多い。食べづらいとかあまり美味しくないとかいう理由らしい。現場に残された痕跡には、鬼の気配が残っていた。櫂は草太がとうとう人を喰ったのだと絶望した。

草太の母親は人間で、草太にも人として生きてほしいという願いを持っていた。けれど草太は鬼としての本能に抗えなかったのだろう。その後、毎週のように変死体が発見される事件が起きた。

「偶然、殺人現場に居合わせるなんてな……。いや、これも那都巳の計らいか?」

櫂は顎に手を当てて、目を細めた。

今日は同じ陰陽師である那都巳に呼び出されて新宿まで出向いてきたのだ。現在の状況を知りたいと言われ、この街に呼び出された。那都巳との待ち合わせ場所であるこのカフェに来る前、時間を潰すために周囲を羅刹とぶらぶらしていたら人だかりを発見した。不穏な気配を感じて近づくと、変死体が発見された直後だった。濃密な鬼の気配を感じ、鬼の仕業と確信した。

「事件が起こるのを知っていたのか？　あの陰陽師は」

羅刹が眉根を寄せて聞く。

「そうとしか思えない」

櫂は悩ましげに言った。那都巳との待ち合わせ場所は、大通り沿いにあるカフェで、櫂と羅刹は窓際の席に座って那都巳の到着を待った。映画館の入っているビルで、店内はほどよい混み具合だ。談笑する者、スマホをさわる者、教科書やノートを広げて勉強する者とさまざまだ。コーヒーとケーキのセットを運んでくると、羅刹はほぼ一口でケーキを平らげてしまった。一つでは足りないと言うので、またカウンターに行って新たにモンブランとオレンジジュースを頼んできた。

「っていうかお前、言われるままに買ってきたが、ケーキにオレンジジュースって。合わないだろ？　ケーキにはコーヒーだろ？」

羅刹の食べ合わせが気になってしまい、櫂は口を尖らせた。

「コーヒーは好かぬ。それよりも伊織に関してはどうなのだ？」

自分の分をあっという間に食べ終えた羅刹は、櫂が頼んだモンブランにまで手を伸ばす。羅刹は櫂の命令で人の肉を喰っていない。そのせいか、人間の食すものを大量に食べる。肉系が好みのようだが、ケーキや饅頭といった甘いものも大好きだ。

「おい、一口くらい俺にも残せよ」

二口でモンブランを食べてしまった羅刹にこめかみを引き攣らせ、櫂は低い声で怒った。頭を働かせるためにも甘いものが欲しかったのに、いいかも聞かず盗られた。もぐもぐしている羅刹に怒りが湧き、脛を蹴り飛ばした。近くに座っていた女性二人連れの目を惹いたのか、目配せして笑われた。羅刹の外見はロッカー風なので、甘いものをあっという間に食べつくす姿がおかしかったのだろう。

「まぁまぁだな」

偉そうにケーキを評している羅刹を無視し、櫂は窓越しに新宿の街並みを見やった。二十歳の頃、よく二丁目に行って男を漁っていたのを思い出す。櫂の黒歴史だ。今はもう不特定多数の男と関わる気はないが……。

「伊織……どこへ消えたんだろうな」

櫂は憂いを帯びた瞳で、コーヒーに口をつけた。

伊織に憑依していた大蛇の魔物は、羅刹が退治した。だが、憑依が解けた後、伊織の姿は消えた。今のところ手がかりはない。

草太が消え、伊織が消え、櫂の横には羅刹だけが残っている。

「つ……」

ふいに鎖骨の辺りが痛み出し、櫂は顔を顰めた。羅刹の動きが止まり、身を屈める櫂をじっと見つめる。

数週間くらい前から、肩から心臓にかけて黒くシミのように広がる呪詛の痣がずきずきと痛むようになった。この黒い痣が心臓まで届いたら、櫂は死に至る。先視の能力でそれを知ってから、櫂はずっとこの呪詛を解こうとしてきた。あと数カ月で、櫂は呪いに蝕まれて死ぬだろう。

この呪詛を憑けた大蛇の魔物を倒した時、呪いも消えるものと思っていた。実際は大蛇の魔物を倒しても、櫂の呪いは解けなかった。それどころか日に日に痛みを感じるようになり、焦りが募ってきた。だがもはや打つ手はない。大蛇の魔物を倒した以上、他に何をすればいいか分からなかった。せめて消えた伊織を見つけて、あの当時何が起きたか聞きたかったが、それすらも叶わない。

眠ろうとするたびに、死について考えた。

二十六歳という若さで亡くなるとは思いたくないが、陰陽師という仕事柄、たくさんの人の死を視てきた。自分だけ死から逃れられるはずもない。潔く運命を受け入れるべきかと思う一方で、どうしてという無念さもある。

本来の櫂の寿命はもっと長い。あと四十年は先だった。呪いというのは予定されていた寿命をすっ飛ばして、命を奪うものだ。しかもこの呪いは強力で、櫂にはどうやっても解けない。自分より格上の陰陽師なら解けただろうかと考える一方で、そんな力のある陰陽師ならこんな呪いは受けていないと自嘲気味に笑う。

「はぁ……。大丈夫だ」

羅刹の瞳の奥に不安を感じ取り、櫂は落ち着いた声音で言った。

櫂が痛みに苦しんでいると、羅刹は不安そうな表情をするようになった。以前は櫂の寿命が短いことを喜んでいたのに、最近は櫂の身を案じるようになった。櫂が大蛇の魔物のせいで出血して意識を失った際は、病院に担ぎ込んでくれたくらいだ。本来なら鬼である羅刹は、櫂を喰いたいはずだ。陰陽師である櫂の肉を食し、自分にかけられた枷を外したいところだろう。けれど房中術をかけたせいか、羅刹は櫂を好きだと思い込んでいる。今はその術が効きすぎている状態で、櫂が死ぬことを恐れるようになった。

最近は片時も離れなくなったのが、いい証拠だ。

「やぁ」

背後から声がして振り向くと、そこにすらりとした肢体の青年が立っていた。整った顔立ちに、一見優しそうな瞳、仕立ての良い生地のスーツを着ていて、人目を惹いている——安倍那都巳。安倍晴明の子孫というのを売りにしている、メディアでも引っ張りだこの陰陽師だ。那都巳に気づいた客がざわざわしている。

会うのは先月の満月の日以来だ。その間、一度だけ電話で話した。那都巳の式神についてだ。

「待たせたかな？　来る途中、警察がいたの見た？」

那都巳は笑顔を絶やさないまま櫂の横に座る。向かいにいた羅刹がムッとして、那都巳を睨みつける。

「ああ。鬼の仕業だろう……。それはともかく、お前といると目立つんだよな」

込み入った話をするにしても、こんな人が多い場所でメディアに顔を出すような男といたくない。ただでさえ、こちらは鬼を連れていて、何をしでかすかハラハラしているのだ。羅刹は八百年もの間、封印されていた鬼だ。時代の変化に未だついていけない点も多いし、常識が通用しない。いつもは人里離れた山の奥で生活しているからいいが、新宿という喧騒あふれる街で人間の振りをさせておくのは限界がある。

「ははは。目立つのは俺だけじゃなくて、君たちもだけどね？　じゃ、場所を変えようか。個室のある店で話そう」

那都巳は腰を浮かせて、気楽に誘う。コーヒーを急いで飲み干して櫂は立ち上がった。

那都巳は店を出ると裏通りを通って、わざと汚物やごみが散らばっている路地の間を進んだ。羅刹は初めての土地というのもあって、興味深げに周囲を見回している。見た目がいかついので、明らかに裏稼業らしき男とすれ違うと、値踏みするような目で見られた。どんな手練れの

やくざでも羅刹に力で敵(かな)うはずはないが、下手な問題を起こさないようにと櫂は羅刹の腕を引っ張った。

那都巳は十四階建ての雑居ビルに入り、エレベーターに乗り込んだ。勝手知ったる様子で十一階で降り、櫂たちを先導する。看板もないし、案内図もない真っ黒なドアを押し開け、那都巳はカウンターにいた黒服の男に話しかける。

(会員制の店か)

那都巳と黒服の男が親しげに話すのを見やり、櫂は店の中に目を向けた。店内は薄暗く、ぼんやりとした明かりのみだ。ドアや壁、天井は黒で統一され、床にはグレーの分厚い絨毯(じゅうたん)が敷かれていた。細長い廊下があって、個室が五つ続いている。それぞれ個室のドアの前には高級そうな壺(つぼ)や生け花が飾られていた。

黒服の男は一番奥の部屋に櫂たちを案内した。ドアを開けると、黒い革張りのL字型の大きなソファがあり、大理石のテーブル、壁一面の窓が目に入る。調度品は高級そうだし、おしゃれな加湿器が置かれ、観葉植物がいくつか並んでいる。廊下は暗かったが、部屋は日の光が入って明るかった。

「ここなら話せるだろ」

那都巳はソファに腰を下ろして、櫂たちにも座るよう促す。気後れしつつ座ると、先ほどの黒服がウイスキーの瓶とグラス、氷を運んできた。黒服はそれらをテーブルの上に置いて、一礼して去っていく。

「鬼君はウイスキー飲む？　俺の好きな銘柄なんだけど」

那都巳はグラスに氷を入れながら、羅刹に話しかける。

「吾は日本酒しか飲まぬ」

羅刹は那都巳が嫌いなので、素っ気ない態度だ。しかも窓際に立ったまま。那都巳と仲良くする気はないのだろう。何しろ出会い頭攻撃を仕掛けられた相手だ。休戦したといっても、決して打ち解けはしない。

櫂も那都巳のことはイライラするので好きではないが、陰陽師としての能力は認めている。自分などより格上の相手だ。性格は嫌いだが、情報交換という意味では誰よりも役立つ相手だ。呼び出しを受けた以上、何か情報を持っていると櫂は踏んでいる。

「さて、話をするに当たって、鬼君には別の場所にいてもらおう」

そう言うなり、那都巳が羅刹に向かって印を組み始めた。ハッとして羅刹がその場から逃げ出そうとしたが、あっという間に四方に透明な壁が現れ、羅刹を隔離する。

「これで鬼君には聞こえない。悪いけど、鬼の前でくわしい話をする気にはなれない。しばらくそこにいてもらうよ。何、話が終わればすぐに解放する」

気色ばむ櫂を手で制し、那都巳が言う。当然といった態度に、もやもやするものを感じた。羅刹の存在に慣れすぎて、自分は羅刹に対してオープンにしすぎていたかもしれない。本来の陰陽師は那都巳のようにあるべきだ。

透明な壁の中で、羅刹はいきり立ったように壁に拳を当てている。音はまるで聞こえないが、壁の中で羅刹が暴れているのは見える。どんな攻撃も壁の中で吸収されるようだ。

「お前……事件が起こるのを知っていたのか？」

那都巳にウイスキーのグラスを渡され、櫂は羅刹に背を向けて尋ねた。那都巳はもう一人分の酒を作り、コースターに載せてそっと置く。パチンと指を鳴らすと、何故か酒は羅刹のいる空間に移動した。どうなっているのかさっぱり分からない。羅刹も面食らって、酒の入ったグラスを凝視している。

「最近、都内で鬼の気配を感じるんだよねぇ」

那都巳はグラスに口をつけ、やれやれと言わんばかりに切り出した。櫂は顔を顰め、口を引き結ぶ。

那都巳の呼び出しを受けてから、どんな話をされるのだろうかと考えた。那都巳が話があるというなら、それは仕事の話か、彼が執着している八百比丘尼(やおびくに)の話以外にない。

「前に鬼が逃げたって話をしていなかったっけ？」

那都巳に首をかしげられ、櫂は目を伏せた。羅刹は暴れるのを止めて、酒を飲むことにしたようだ。あぐらをかいて、グラスを傾けている。

「ああ……。草太という半妖の鬼だ。俺の血を吸って、子鬼から急激に成長して消えてしまった。ずっと捜しているんだが……」

　櫂は重苦しい気持ちで答えた。母親である雪は草太が消えてから、朝から晩まで草太を捜し回っている。つい先週も情報交換のために会ったが、すっかりやつれて痛々しいほどだった。

「今起きている変死体の事件はその子がやったと思ってるの？」

　那都巳に不思議そうに聞かれ、櫂は言葉に窮した。

「そうであってほしくないが……。その可能性は高いと思っている」

　草太は小学校に通っていた身だ。まだ人間社会を一年しか経験しておらず、情緒が育ったとは言い難い。闇雲に人を喰い続ける鬼にはならないと思っていたが、鬼にとって人の肉は極上の味がするという。人の肉の味を知ってしまったら、それに抗うのは難しいだろう。羅刹も言っていたが、鬼というのは欲望のままに生きる異形のものだ。

「そう……。じゃ、その消えた鬼だとして、もし俺がそいつと出会ったら調伏(ちょうぶく)していいんだね？」

　那都巳にさらりと聞かれ、櫂は唇を噛(か)んだ。

　陰陽師である那都巳に、鬼を見逃してくれというのは本末転倒だ。だが——……。

「できれば俺の手で調伏したい」

　櫂は顔を上げて、那都巳を見返した。

　草太とは短い間だったが一緒に暮らした仲だ。始末をつけるなら自分の手でやりたかった。

「ふーん。君の気持ちは分かった。一応聞いておきたくて。それと俺の式神についてなんだけど」

那都巳はグラスの酒を飲み干し、新しくボトルからまた注ぎ入れる。羅刹のグラスが空になったのを見やり、新しい酒を送っている。羅刹は日本酒しか飲まないと言ったわりにウイスキーが気に入ったのか、水を飲むみたいにグラスを呷っている。

「ああ……。いつの間にか消えていた奴だな」

櫂はあの日の出来事を思い返して、目を細めた。

七月の満月の日は、櫂は怪我を負っていて那都巳に手助けを頼んだ。那都巳は明け方まで屋敷を守り、一睡することもなく帰っていった。その際に、八百比丘尼が櫂の周りに現れるかもしれないと言って、式神を一体置いていったのだ。

ところが、大蛇の魔物との闘いの後、病院から羅刹と共に屋敷に戻ると、那都巳の式神は姿を消していた。

「何者かの手によって破壊されたのは間違いない。それを破壊したのは、その消えた鬼だと思う？」

草太が那都巳の式神を倒した——櫂はそう想像してみて、違和感を覚えた。

「それは……考えにくいかな。例えば草太が近くをうろついたとしても、お前の式神は手を出さないだろう？　正直、鬼になりたての草太より、お前の式神のほうが強そうだった」

「そうだね。無用な争いはさせないようにしている」

　那都巳は考え込むようにグラスの縁をなぞった。那都巳の式神については謎だった。それなりに力を持った式神だ。小物の妖魔に倒されるとは考えにくい。忽然と姿を消してしまい、何が起こったか釈然としない。

「仮説を立ててみたんだけど」

　那都巳はウイスキーの瓶ごと羅刹に手渡し、新しいボトルをガラス棚から取り出す。羅刹はグラスで飲むのをやめて、瓶を傾けている。

「もしかしたら君の近くに八百比丘尼が現れたんじゃないかな」

　那都巳の言葉に、櫂はとっさに羅刹を振り返ってしまった。羅刹はこちらの様子には気づかず、酒を呷っている。羅刹に聞かれなくてよかった。羅刹は八百比丘尼を憎悪している。人間だった羅刹を鬼に変えたのは八百比丘尼なのだ。何度殺しても再生する八百比丘尼を滅ぼしたいと考えている。最近は大人しくなったが、以前は八百比丘尼を捜し出すと言って、外に出たがった。

「まさか……」

　櫂は険しい形相でグラスをテーブルに置いた。

「君たちが病院に行っている間に、俺の式神は八百比丘尼を見つけたのかもしれない。だとすればどうしてすぐに俺に連絡しなかったのか謎なんだけど、ひょっとしたら連絡する前に八百比丘尼に倒されたという可能性もある。あの比丘尼の力がどれほどのものか、俺ははっきり知らない。君の話だとどんな傷も回復するという話らしいけど」

　櫂は八百比丘尼の艶めかしい姿を思い返し、ぞくりとした。得体の知れない空気をまとった尼だった。櫂には好意的な口ぶりだったが、その本性までは分からない。

「それと話を聞く限り、例の物の怪を倒したんだよね？　どうして君の呪詛は消えてないわけ？」

　那都巳に鋭い目つきで聞かれ、櫂は苦渋の表情でうなだれた。

　それは櫂も知りたい。どうして呪いが解けなかったのか。

「本当に倒したのは、その物の怪だったの？」

　斬り込むように聞かれ、櫂は両手で顔を覆った。

「確かにあの時の大蛇だった、はずだが……。俺が聞きたいよ」

　物の怪と交わした会話を思い返し、櫂はため息をこぼした。会話の内容から確かにあの時の物の怪だと思ったのだが……。

「八百比丘尼が俺の友人である伊織の意識を回復させたらしいって話はしたよな？　その物の怪は、どうやら俺が作った式神に入り込んでいたかもしれないんだ。俺の家に式神がいただろう？」

「その話は聞いていない」

　那都巳の目つきが変わり、燿は物の怪と交わした会話を口にした。物の怪は燿のことを『先生』と呼んだのだ。伊織の式神を作るたびに、妙に感情を持った式神になると悩んでいた。式神である自覚がなく、燿に対して執着を見せるのだ。その伊織の式神は、今はただの式神になった。燿の命令に忠実だし、感情も持っていない。

「原因は不明だが、意識不明だったはずの伊織の魂魄みたいなものが、俺の作った式神に入り込んでいたようなんだ。伊織の身体と共に、今は消えてしまったが」

　燿にとっては咽に引っかかった小骨のような問題になっている。どうしてそんなことになったのか、納得できない。

「君の友人は行方不明なのか……」

　那都巳は考え込むように足を組んだ。

「八百比丘尼が連れ去ったという可能性は？」

　那都巳に指摘され、燿は思わず身体を強張らせた。一番考えたくない可能性だった。

「それだけはあってほしくない……」

　消極的な意見を呟くと、那都巳が侮蔑するような眼差しで見据えてきた。こいつ、馬鹿か？　というあからさまな視線を投げかけられて、燿は那都巳を睨み返した。

「うるさいな、考えたくないんだよ！　その最悪の展開を！」

　燿が苛立って怒鳴ると、那都巳がこれ見よがしに重い息を吐き出す。

「君の悪いところはその逃避思考だな。真っ先に考えるべきだろう？　現状、何があったか分からないが、これが一番高い可能性で起きた出来事じゃないか？　俺の式神が消えた件と、君の友人が消えた件、どちらにも八百比丘尼が関わっている。そう考えるのが妥当だ。それで、君の友人の手がかりはないのか？」

那都巳にちくちくと嫌味を言われ、櫂は仏頂面でそっぽを向いた。

「今のところゼロだ」

「何故、八百比丘尼は君の友人を連れ去ったのだろう？」

天井を見上げて那都巳が呟いた。その瞳ははるか遠くに向けられている。

「あの尼さんの考えていることは分からない」

櫂には理解が及ばない問題だったので、ふてくされた声を出すしかなかった。

「比丘尼の目的がよく分からないね。君の先祖というなら、君に肩入れするのは分かるけど……今のところ、君に怪我を負わせただけだ」

那都巳の言い分に櫂も頷いた。目的が不明だから八百比丘尼が得体の知れない化け物に感じられるのかもしれない。口では櫂の味方だと言っていたが、信じる気にはなれない。物の怪と交渉してはいけない、と祖父や曾祖父からきつく言い渡されている。八百比丘尼は櫂にとって物の怪だ。不老不死の禍々しい気配を持つ女性――。

「消えた式神の代わりを君に預けてもいいかな？」

那都巳が指をパチンと鳴らすと、いつの間にか部屋の隅に矢筒を背負った緋袴姿の女性が立っていた。顔に白い狐の面を被っている。その右手には、大きな弓が握られていた。

「構わないが……」

櫂は那都巳の式神に目を向ける。面を被っているので表情は読めない。

「八百比丘尼の目的は不明だが、また君の前に現れるのは間違いないだろう。なかなか焦らしてくれるな。早く会いたいものだが」

那都巳はどこかうっとりした表情で言う。実際八百比丘尼と出会った櫂としては、あの禍々しい存在とはもう会いたくない。那都巳は八百比丘尼に小さい頃出会い、それ以来虜になっている。最初は恋愛的な意味合いかと思ったのだが、那都巳は愛しさのあまり八百比丘尼を調伏したいらしい。力のある陰陽師の考えは理解できない。

「とりあえず、何かあったら連絡してくれ。君はどうも聞かないと話さないタイプみたいだから。その代わり、その伊織という友人については俺も捜してみよう。何か持ち物があるとやりやすいんだが」

じろじろと見られ、よく友人である千寿にも指摘されることを言われた。昔から友人を作ろうとしない櫂は、自分から他人に連絡するのが苦手だ。よほど用がない限り電話もメールもしない。そのせいで友人は千寿くらいしかいない。

「努力する。伊織の持ち物はほとんどないんだ。もしかしたら伊織の着ていた服が残っているかもしれない」

那都巳の協力を仰げたら、伊織捜しが大いに楽になる。櫂は腰を浮かして、安堵(あんど)した表情になった。

話は終わり、那都巳は羅刹に向かって印を組んだ。解放の術だったのだろう。こちらの会話が聞こえるようになり、羅刹は空になった瓶を那都巳に投げつけた。那都巳はひょいとそれを避け、後ろに控えていた那都巳の式神が、素早くそれをキャッチし、テーブルに置く。羅刹の攻撃をものともしない那都巳に不気味なものを感じて、櫂は羅刹を出口に追いやった。

「ではまた」

那都巳の涼しい声を背中に受けながら、櫂は部屋を出て行った。羅刹は意外とウイスキーが美味しかったのか、酒については悪くなかったと感想を言っている。駅から遠い場所に停めておいた車に乗り込むと、いつの間にか那都巳の式神が後部席にちょこんと座っている。気配はほとんどないので、時々いるのを忘れそうだ。

「家に戻るぞ」

助手席に座った羅刹がシートベルトを締めるのを確認し、櫂はエンジンをかけた。

櫂の自宅は埼玉の奥地にある。山で囲まれた自然豊かな場所で、櫂の祖父が四神に守られた土地だと目をつけて山ごと買い取った。満月のたびに百鬼夜行が押し寄せるので、周囲の家に迷惑をかけるわけにはいかなかったという理由がある。現在は櫂一人が大きな屋敷に取り残されて、身を守っている状態だ。

新宿で那都巳と会った後、三時間半かけて自宅に戻った。鬼である羅刹と電車を使って出かける気にはなれない。敷地内に車を停めて降りると、大きな屋敷が現れる。建てたのが明治時代という年代物の屋敷だ。その頃は陰陽師としてはぶりの良かった祖父が、瓦屋根の立派な屋敷を建てた。孫の代になって屋敷はあちこちが傷み、隙間風は吹くし、庭は荒れている。昔は枯山水を気取った中庭も、家庭菜園が広がる侘びさびとは無縁の風景になった。

「ただいま」

玄関の引き戸を開けると、櫂の帰宅を察した式神の伊織が廊下にすっと現れた。

「お帰りなさいませ」

長身のきりっとした眉の青年が、抑揚のない声で櫂と羅刹を出迎える。伊織が意識不明になった後、伊織を巻き込んでしまった自分を戒めるために式神の姿を伊織にした。以前は感情が宿り、人間臭いふるまいをしていたが、最近は命令をこなすだけの存在になり、羅刹と喧嘩することもなくなった。

那都巳が預けてきた式神は、玄関の前に立ったまま、中へ入ろうとしない。家に背を向けて、屋敷の外を監視しているので、どうやらここで見張り番をするらしい。何かあったらよろしくと声をかけて、櫂と羅刹だけ中へ入った。

「夕餉の用意はできております」

淡々とした佇まいで言われ、櫂は礼を言って着替えるために自室に戻った。三時頃に新宿を出たので、ちょうど夕食の時間だ。羅刹は腹が減ったと言って、居間に直行だ。

自室の障子は破壊されて穴が空いている状態だ。直さなければと思いつつ、そのままになっていた。壊れた障子を見るたび、そこに突っ込んだ草太を思い出す。このまま草太が見つからなかったら、どうしようか。

陰鬱な気持ちでジャケットを脱ぎ、紺の作務衣に着替えた。この格好が一番楽だ。

真夏の夜というのもあって、屋敷内は蒸し暑い。櫂はクーラーがついている居間に向かい、大盛りのご飯を平らげている羅刹の向かいに腰を下ろした。居間は広々とした造りで、テーブルと座椅子、棚が置かれている。今夜はハンバーグらしい。二日前満月の夜を乗り越えた櫂は、今は肉を食べても問題ない。満月が近くなると潔斎といって、酒肉の飲食を断つ。そうすることで身が清められ、陰陽師としての能力が上がるのだ。

「美味いではないか。これがハンバーグか……っ」

羅刹はあぐらをかいて前のめりになってハンバーグを口に運んでいる。とろりとしたチーズを載せたハンバーグのいい匂いが部屋に充満している。つけ合わせのきのこやブロッコリーはぜんぜん食べないくせに、ハンバーグのお替わりをねだっている。

「草太が好物だったよなぁ……」

ハンバーグを一口頬張り、ついしんみりとしてしまった。羅刹に呆れたような顔をされ、櫂はハッとして白米をかっ込んだ。伊織が湯気の立った味噌汁を運んでくる。

櫂のせいで一人前の鬼になってしまった草太だが、一緒に暮らしていた頃は、小学生の子どもの姿だった。やんちゃで生意気な態度で、何度仕置きをしたか覚えていない。よくしゃべる子だったので、いつも屋敷内は明るかった。あの頃は伊織も人間っぽくて、騒がしいとよく感じたものだ。今は羅刹と二人きりなので、静けさに満ちている。

「まさかお前……寂しいのか？」

まじまじと羅刹に見つめられ、櫂は眉間にしわを寄せてハンバーグを咀嚼した。

櫂には友人がほとんどいない。人と暮らすことが難しいというのは小さい頃から悟っていた。櫂と親しくなる者は、寄ってくる物の怪に悪影響を受けるのが常だったからだ。千寿だけは近くにある寺の住職の息子だったので、友達でいられたのだ。千寿の父親の慈空は櫂の父親とも懇意にしていたので、気兼ねなくつき合えた。

自分には結婚も無理だし、友人を作るのも無理だと諦めていた櫂にとって、子鬼の草太と伊織、羅刹と過ごしていた時間は楽しいものだった。鬼と式神なら、迷惑をかけると不安になる必要もない。今となっては詮無いことだが、もっとあの時間を大切にすればよかった。

「あの子鬼を調伏するために捜し回っているのではないのか?」

不思議そうに聞かれ、櫂はぐっと言葉を呑み込んだ。

草太が一人前の鬼になってしまったのは櫂の責任だ。草太が人を喰ったのなら、草太を調伏しなければならない。これ以上人を殺めさせないためにも。それは十分理解していた。けれど櫂の頭の中ではまだ草太は小学生の姿のままなのだ。一人前の鬼に変貌した姿を見たのに、どうしても以前のイメージが拭えない。

「分かってるよ。草太に会ったら、始末をつける——」

櫂は低い声音で呟き、ブロッコリーを齧った。

「ん……、何だ?」

食事の途中で櫂は違和感を覚え、箸を置いた。玄関の辺りから騒がしい声がする。まさか草太が戻ってきたのかと、急いで玄関に駆けつけた。

「草太か⁉」

引き戸をがらりと開けて大声を出すと、目の前に河童がいた。那都巳の式神に首根っこを捕まえられ、宙をばたばたしている。櫂の剣幕にびくっとして、持っていた魚のパックを地面に落とした。頭に皿を載せた、緑色の身体をした妖怪だ。体長は一メートルくらいなので、式神に捕まえられると、大人と子どもくらいの対比だ。

『ひえぇぇっ、陰陽師様、お助けを……っ』

那都巳の式神は、河童を倒していいかというように櫂に目配せする。狐の面を被っているし、何もしゃべらないので、やりづらい相手だ。おそらく妖怪が近づいたので、捕まえてくれたのだろう。

「こいつはいいんだ。魚を持ってきただけだから」

櫂が声をかけると、那都巳の式神はしばらく考え込んだのちに、河童の首を摑んでいる手を開いた。河童が地面に転がり、焦ったように起き上がる。

河童が、地面にひれ伏して頭を擦りつける。草太じゃなかったのかとがっかりして、櫂は河童のぬるりとした腕を引っ張った。ぎょろりとした目に低い鼻、ざんばら髪に尖った歯の水の物の怪だ。妖気がしたので草太が帰ってきたのかと思ったが、以前助けた河童の妖怪だった。屋敷には結界を張ってあるので、基本的に物の怪は櫂の屋敷内に入れない。だが櫂が入ってもよいと許可を出した物の怪は別だ。羅刹と同じく、目の前の河童は害がないものとして見逃している。

「お前、またどこかで魚を盗んできたな？　毎回値札のついた魚のパックを置いていって、迷惑しているんだぞ」

河童を助けた後、川の魚を毎週運んでくるようになったのだが、最初はちゃんと自分の手で捕ってきた川魚を持ってきたのに、最近ではいかにもスーパーから万引きしましたみたいなものを置いていくようになって困っていた。

『す、すみませぬぅ。なかなか不漁で……』

憐れな目つきで河童が泣き真似をするので、櫂はこれ見よがしにため息をこぼした。遅れて羅刹が口をもぐもぐさせながら玄関に現れた。羅刹は最初から河童だと分かっていたらしい。

「おい、お前。鰯を持ってくるんじゃない。次、持ってきたら吾がお前を喰うぞ」

羅刹は鰯が嫌いで、玄関に鰯の匂いをさせると機嫌が悪くなる。これまでもたびたび河童が鰯を置いていったことがあって、腹を立てていたのだ。

『へぇ、すみませぬぅ。以後気をつけます』

河童は羅刹にペコペコ頭を下げている。

「捕れなかったら無理して持ってこなくていいから。いいか、盗みは駄目だぞ」

物の怪に人間の常識を説いても無駄と思いつつ、いつか謂れのない罪を着せられそうで、懇々と説いた。河童はひたすら米つきバッタのように頭を下げている。

「ところでお前……この辺りで羅刹以外の鬼を見かけたりしてないか？」

河童を解放しようと思った時、ふっと思いついて尋ねてみた。

『へぇ、見ました』

返事を期待していなかったのだが、河童の口から思いがけない答えが返ってくる。

「いっ、どこで⁉　どんな鬼だ⁉」

もしかして草太の手がかりを得られるかも、と櫂は河童の腕を掴み、声を張り上げた。河童がびっくりして腰を抜かしそうになる。大声に弱いらしい。

『そ、それは前回魚を持ってきた時に……大きな鬼がうろついていたので、わしはもう恐ろしくて恐ろしくて……、二本の角を生やした大きな身体の鬼ですじゃ』

河童がしどろもどろで言う。前回魚を持ってきた時というと、二週間くらい前だ。草太が中を窺っていたのだろうか？

『わしの仲間が言っておりました。あの鬼は県境で暴れていた鬼だと。最近現れた鬼で、見境なく人や物の怪の肉を喰うと……』

櫂はどきりとして、唇を嚙んだ。物の怪の間でも噂になるほど、非道な真似をしているのか。

「そうか……。もしその鬼を見かけたら、すぐに教えてくれ」

櫂は河童の腕を離し、うなだれて言った。河童は狐に摘まれたような顔で櫂を見上げ、会釈しながら去っていく。那都巳の式神は何事もなかったように、凜とした立ち姿で警護に戻る。

「……羅刹。お前、物の怪に聞き込みとかできないのか？」

河童を見送っていたら、ふと思いついて櫂は羅刹に聞いた。物の怪には物の怪のネットワークがあるのだ。鬼である羅刹なら、情報を得ることができるのではないか。

「何で吾が。面倒くさい」

羅刹はにべもなく言い放ち、屋敷の中へ戻っていく。

「少しは助けてくれてもいいだろ。草太を捜さないと、まずいだろ」

羅刹の背中を追いかけて廊下を早足でいく。羅刹は居間に戻り、座布団にあぐらをかいて日本酒の瓶をグラスに注ぐ。

「子鬼などどうでもいいわ。それよりお前は自分の身体を心配するべきではないか？　そっちのほうが問題だろうが」

グラスにたっぷりと注がれた酒を、咽をごくごくさせて飲むと、羅刹はうろんな目つきで櫂を見やった。

櫂は反論できなくて、言葉に窮した。自分の身体に広がる呪詛のシミのような痣――これを何とかしなければならないのは櫂にだって分かっていた。だが現状、打つ手はないし、考えるのが億劫（おっくう）になっていた。草太を捜すことは現実逃避だ。自分の残り少ない寿命について考えたくないから、必死に草太を捜している。

「草太については責任があるから、生きているうちに何とかしたいんだよ……」

櫂が小声で言うと、羅刹が日本酒の瓶を、どんとテーブルに置く。

「お前は死なぬ。吾が死なせぬ」

決意を込めた表情で羅刹に言い切られ、櫂は胸が締めつけられるような思いを味わった。少し前は櫂が死ぬことを何とも思わなかった羅刹が、今は百八十度意見を変えている。櫂が怪我を負った際、羅刹は『吾は自由になることより、お前が動かなくなることが嫌だった』と言っていた。人間だった頃の記憶が戻ってきたのも影響したのかもしれない。羅刹は櫂を守ろうとしている。

「……そうだな、ごめん」

羅刹のきりりとした顔つきを見ていたら、情けない発言はできなくなって、櫂は苦笑して謝った。

「お前が最近、八百比丘尼についてうるさく言わなくなったのは、俺を心配してなのか？」

ふと気づいて、櫂はまさかと思いつつ口にした。

羅刹は元は人間だった。鎌倉時代に生きていた百姓で、身内を殺した武士を恨み、盗賊に身を落とした。多くの人を殺めた挙げ句、とある寺で出会った尼の肉を喰った。それが八百比丘尼とも知らず。羅刹は八百比丘尼の肉を喰って鬼に変貌した。その後、さらに多くの人を殺し、高僧に封印された。

羅刹は今生で八百比丘尼と再会し、鬼に変えた恨みを晴らすべく、執拗にその存在を追おうとした。けれどそのせいで櫂と諍いになり、大怪我を負う羽目になった。妖魔との戦いもあって櫂が死にかけた時、羅刹は櫂を助けるために力を尽くした。櫂が死ねば自由を得られるはずだったのだが、自由になるより、櫂が死ぬほうが嫌だと言って、櫂を助けたのだ。

それ以来、羅刹はひどく落ち着いた。

八百比丘尼の名を口にしなくなったし、常に櫂の傍にいて、身を守ろうとしてくれる。

「利口になっただけのことよ。よく考えれば、あの尼は殺してもすぐに生き返る。絶対に殺せる方法がない限り、疲れるだけだ。お前の抱える問題を片づけてから、ゆっくり考えればいい」

羅刹はどうでもよさそうな口ぶりで、手をひらひらとさせる。羅刹も気づいたのだろう。櫂の寿命は残り少ない。八百比丘尼を追っている場合ではないと。

「……羅刹、俺が死んでも人間を喰うなよ」

羅刹の気持ちを嬉しいと思っても、素直に口にできなかったので、櫂は揶揄するような口調で言った。

「はっ。お前が死んだら、喰いまくってやるわ。吾に人を喰わせたくなくば、その呪いを早く解け」

羅刹は酒を呷って、素っ気ない声を出す。遠回しな言い方がじわじわと胸を熱くさせ、櫂は無性に羅刹に抱き着きたくなった。

（なんか、すげーいい感じじゃないか？）

羅刹の封印を解いた時には、ここまでの関係を築けるとは思わなかった。術で縛っているせいだと頭の隅では思っていても、確かな愛情があるように感じる。

伊織が酒のつまみになるチーズを皿に載せて運んでくる。羅刹はつまみを食べながら、あっという間に一升瓶を空にした。櫂は冷めたご飯に口をつけ、たわいもない話を羅刹としながら食事を終えた。

「吾はもう寝る」

テーブルの上を片づけ始める伊織を横目で見やりながら、羅刹がすっと立ち上がった。

「え、もう……？」

まだ話し足りなくて、櫂は思わずすがるような目つきで羅刹を窺った。羅刹はそんな櫂の視線を無視して、さっさと居間から出て行ってしまう。羅刹がいないと部屋はがらんとして静かだ。以前なら伊織が話し相手になってくれたが、今は話しかけても通り一遍の答えしか戻ってこない。

（羅刹の奴、行っちゃうのかよ。なんか、手持無沙汰だな……）

羅刹の気配が庭にある蔵のほうに消えたので、櫂はつまらなくなって居間を出た。

最近、羅刹が素っ気ない。

前はしょっちゅうくっついてきて、セックスさせろとうるさかった。それなのに、今は櫂に触れることもないし、食事を終えるとすぐに蔵に消えてしまう。細かく言うと、性的な触れ方もいっさいないし、ハグもなし、キスすらない状態だ。櫂のほうは抱かれたくてたまらなくなっているのに。羅刹の熱を感じたいと思うし、めちゃくちゃに奥を突かれて、気持ちよくなりたい。

（くっそー。でも自分から誘うのはなぁ……、負けた気がしてムカつく。羅刹の奴め……）

夜が更けた頃、櫂は熱を帯びる身体を持て余して風呂に入った。湯舟に浸かりながら櫂はもやもやしたものを抱えて毒づいた。

最後に羅刹と性行為をしたのは、一カ月以上前だ。その後、一度だけそういった雰囲気になったことがあったのだが、途中で中断された。

(羅刹のことだからすぐ迫ってくると思ったのになぁ)

当時の状況を思い返し、櫂は目元を押さえた。

羅刹が己にかけられた術を解くより、櫂の命を優先させた時、櫂は胸が熱くなって羅刹を愛おしいと思った。鬼だと知っていても惹かれたし、羅刹と触れ合うと充足感みたいなものを覚えるようになった。

術で縛られているとしても、愛に似た何かがあったのだ。当然、屋敷に戻って落ち着くと、羅刹と身体を重ねたいという欲求が芽生えた。羅刹だって同じ気持ちだった。

怪我の治療をしてから三日後、互いに性的欲求を覚えて閨(ねや)を共にした。ところが、いつにもまして興奮したせいか、行為の最中に羅刹が力の加減ができなくなり、怪我が悪化してしまったのだ。ふさいだ傷口からまた血が滲み、再び病院の世話になる羽目になった。

それから羅刹はいっさい櫂に手を出さなくなった。

「人の身体はもろすぎる」

絶望的な表情でそう呟き、夕食を食べるとすぐ蔵に引っ込むようになってしまった。羅刹は屋敷内は神気が満ちているので居づらいと言って、庭にある蔵で寝ている。蔵の中には禍々しい気を放つ道具がいくつもあるので、鬼の羅刹は居やすいようなのだ。

あれから一カ月以上経ち、櫂の怪我はほぼ完治した。まだ傷痕は残っているが、運動しても差し支えない状態だ。それなのに、羅刹は手を出してこない。

（ううー。ヤりたい……尻が疼く）

浴槽の縁にうなじを載せて、櫂は悶々とした欲求と闘っていた。自分から誘えばいいのだろうが、恥ずかしいというのと、弱みを握られるようで嫌だというのがあってお預け状態になっている。羅刹のことだからてっきり我慢が利かなくなって、夜這いに来ると思っていたのに。

（大事にしてくれているんだよな……多分）

手を出してこない羅刹に焦れる気持ちはあるが、同時に面はゆい気持ちもある。会った頃の羅刹なら櫂の身体なんて気遣わなかった。大した進歩だ。

（ああー。ヤりたい……）

身体を洗いながら、欲情してきて、手に溜めたソープを使って尻の穴に指を入れた。内壁をほぐすようにして、探る。前立腺の辺りを指で弄ると、腰に熱が溜まり、すぐに性器が硬度を持つ。

「はぁ……はぁ……」

中指を深く奥まで入れて、出したり入れたりを繰り返す。身体は熱くなるが、虚しさも覚える。

「あー……、もっと奥、弄りたい」

指じゃ届かない深い場所を感じたくて、櫂は熱っぽい息をこぼした。羅刹の性器なら、身体の奥まで入ってくるのに。あの硬くて大きくて長いモノで、掻き回されたい。

「は……ぁ……」

膝立ちになった状態で、尻に入れた指を動かしながら、自分の乳首を弄る。強めに弾けばみるみるうちに硬くしこる。浴室内に濡れた音が響き渡り、櫂は感じる場所を愛撫した。勃起した性器を扱きながら尻を弄ると、先走りの汁があふれ出す。

「はぁ……、はぁ……」

熱い息遣いになって、性器の先端を指先で刺激する。何度も指を動かしているうちに、見知った感覚が訪れて、櫂は射精した。

「う……っ、く」

こもった声で性器から精液を吐き出すと、櫂は荒い息遣いでうなだれた。一瞬の快楽の後に、虚しさが広がり、脱力する。

「何やってんだ、俺は……」

汚れた身体と手をシャワーで洗い流し、櫂はため息をこぼした。自慰をしてもすっきりしない。羅刹との行為に慣れた身体は、自慰ではもはや満足できなくなっていた。

「はぁ、もう出よ……」

乾いた笑いを浮かべながら風呂を出て、耀は置かれていたタオルで身体を拭いた。

ドライヤーで髪を乾かしていると、洗面台の上に置いていたスマホが鳴り出した。着信名を見ると雪と書かれている。雪は草太の母親だ。

「はい、耀です」

耀が電話に出ると、か細い女性の声が聞こえてくる。

『耀様、私です。雪です』

雪は電波の悪い場所にいるのか、ノイズが声に混じっている。ここ十日くらい連絡がつかなかったので、耀は雪の声を聞いてホッとした。

「どうしたんですか」

すでに夜の十時を回っていて、電話をかけるには不向きな時間だ。それでなくとも連絡が途絶えていたので、耀は自然と気遣うような声になっていた。

『私、今、吉野にいるのです』

雪の張りつめた声が耳に届く。吉野といえば、奈良県の南部だ。思ったよりも遠くにいて、かなり驚いた。

『実は草太の父親と会ったのは、ここ、吉野の山なのです。もしかしたら草太がここにいるかもと思い、参りました。耀様、草太らしき人物を見かけた者がおりました。よろしかったら、こちらに来てもらえませんか？　私一人で捜すのは難しくて……』

櫂は目を見張りつつ、まだ湿っている髪をかき上げた。草太の父親は鬼で、すでに死んでいると聞いた。草太が吉野にいるというのは確かだろうか？

「分かりました。明日にでも行きます」

ふだんなら即答は控える櫂だが、今の状況ではそう答えるしかなかった。草太も気になるが、雪の精神状態を考えると放ってはおけない。ただでさえ鬼の血を引いた子を産むという壮絶な人生を選んだのに、その子どもは今、人を殺めているかもしれないのだ。心労はひどいものだろう。

草太の責任の一端は自分にある。草太を抑制や情緒が安定した状態で一人前の鬼にするつもりだったのに、まだ子どものまま大人にしてしまったからだ。

不確かな情報で吉野に行くと即答したのは、仕事をする気分ではないことも一つの理由だった。自分の残りの寿命も少なく、未来に希望が持てない状態だ。死ぬ間際に後悔するより、今はできることはやっておきたい。

『櫂様、ありがとうございます……』

雪は涙ぐんでいるようだった。雪が泊っているビジネスホテルの名前を聞き、明日車で向かうと言って電話を切った。

目撃情報が確かならいい。ともかく草太の姿を確認したい。

草太を調伏しなければいけないと分かっていても、今の櫂はそう考えるのが精一杯だった。

■二章　半妖の鬼

翌日は五時から勤行をこなし、七時には朝食を食べて車に乗り込んでいた。

向かうは奈良県、吉野の山だ。何泊するか分からなかったので、スーツケースに衣服と替えの下着を詰めて荷台に乗せた。

「羅刹、行くぞ」

まだあくびをしている羅刹を助手席に乗せて、出発した。雪から聞いたホテルの名前をナビに打ち込むと、八時間以上かかると出てきて気を引き締めた。やはり電車でいこうかと頭を過ぎったが、羅刹と一緒に長時間電車に乗っていられる自信がない。何をしでかすか見当もつかない鬼だ。多少つらくとも、車のほうがいいだろう。

「雪さんから電話があって、吉野で草太の手がかりを発見したらしい」

車中で羅刹に説明すると、どうでもよさそうにうなじの後ろで手を組んだ。

「お前の血を飲めば、ひとっとびで吉野の山まで行けるかもしれぬ」

何気ない口調で羅刹に言われ、櫂は目を剥いて首を九十度横に曲げた。そういえば羅刹は以前丹波（たんば）まであっという間に飛んで行ったことがあるそうだ。その背中に乗って吉野の山まで飛んでいく自分を想像したが、すぐに首を横に振った。羅刹は霊体化できなくなったと言っていた。以前の羅刹は鬼に変化すると、人の目からは視えない状態になった。ところが最近は鬼になった姿を一般人にも視られるようになってしまい、うかつな行動はできなくなったのだ。ひょっとしたら櫂の血を飲んだせいかもしれない。何しろ八百比丘尼という伝説の尼の血を引いている可能性が高いのだ。何が起きても不思議ではない。

「鬼の姿で吉野の山まで駆ける姿を動画にでも録（と）られたらどうする？　大騒ぎになって大変な目に遭うぞ。武装した公僕に囲まれて、実験室送りだぞ」

「む。自衛隊という奴だな？」

羅刹は目を光らせて、不敵に笑う。つい先週、夜中にテレビでやっていた怪獣物の映画に出てきた自衛隊を見てから心躍らせているのだ。闘ってみたいらしい。

「いつの世でも人は変わらぬ。人と違うものを差別し、排除しようとする」

羅刹が窓の外へ視線を向け、穿（うが）った発言をする。鬼を見た一般人が悲鳴を上げるのは仕方ないことだと櫂は思うが、鬼側からすれば外見が違うだけで騒がれて迷惑なものだろう。

「そこにいるのがあの子鬼だとして、昨日行った場所で人を喰い、吉野に逃げたというのか？」

羅刹が口にした疑問は、櫂も気になっていたところだ。鬼は人と違い、驚異的な速さを出せる。羅刹に言わせれば、時速百キロの車と同じスピードで走れるので、その日のうちに吉野に移動してもおかしくはないそうだ。特に人を喰った後は力が漲（みなぎ）るようだ。

「草太がそんなスピードを出せるなら、俺たちは手も足も出ない。お前にかかっているぞ、頼んだからな」

助手席で居眠りを始めた羅刹にしつこく言い聞かせると、面倒そうに手のひらをひらひらされた。今はいかにも頼りにならないそぶりだが、実際の現場では羅刹は櫂の期待以上に動き回ってくれるだろう。

問題は自分の精神状態かもしれない。

草太を見つけたら、躊躇（ちゅうちょ）せずに調伏する——果たしてそれが出来るだろうか。短い間とはいえ一年以上一緒に暮らした相手だ。情も湧いているし、その上母親である雪の前で。

その場にならないと何とも言えないが、今は車を走らせるしかなかった。

途中のサービスエリアで休憩をはさみつつ、奈良県には午後三時過ぎに入った。高速で飛ばしているうちはいいのだが、渋滞になると羅刹がイライラするのが手に取るように伝わってきて、落ち着かない。運転している自分が苛立つならまだしも、何で助手席で座っているだけの羅刹が不機嫌モードにならなければならないのか。納得いかないものを感じたが、狭い車に押し込められているのを嫌っているのだろうと思い、サービスエリアで買い込んだお菓子を与えておいた。羅刹は最近スナック菓子の美味しさにはまってしまい、ずっとぼりぼりと口を動かしている。羅刹の味覚は完全に子どもだ。

羅刹の機嫌をなだめつつ、高速を降りて雪と待ち合わせしている吉野山駅に向かう。近くの駐車場に車を停めて外に出ると、日差しは強いものの爽（さわ）やかな風が吹いていた。

吉野山は桜の名所として知られる観光地だ。吉野大峯（おおみね）は世界遺産として名高いし、有名な寺社仏閣も多い。平日とはいえ八月の半ばで夏休みの家族連れらしき姿をちらほら見かける。きょろきょろしながら駅の周囲を歩いていると、「櫂様」と女性の声がした。

「雪さん」

目当ての女性を見つけて、櫂は安堵して近づいた。雪は華道の先生でもあり、日本舞踊の師範代でもある。いつも和装の雪が、今日はジーンズにポロシャツ、薄手のカーディガン、つばの広い帽子、リュックサックという格好だ。ひょっとしてここ数日登山に明け暮れていたのだろうか。最後に会った時より日焼けして、頬がこけている。

「来て下さってありがとうございます」

雪は目に涙を滲ませて深々と頭を下げる。

「いや、それよりどうですか？　草太の手がかりは？」

　櫂は雪と共に駐車場へ足を向ける。羅刹は吉野山を見上げながら、櫂たちの後をついてくる。人に聞かれてはまずいので、車に戻り、助手席に雪を乗せてくわしい話を聞いた。羅刹には来る途中で買ったソフトクリームを渡しておいた。後部席で美味しそうに食べている。

「私、草太の写真を会う人たちにお見せしたのです。姿が変わっているのは承知していたのですが、大人になった草太の面影があるかもと思い……。そうしたらハイキング中の老人が似たような人を見かけたと。持っていたお弁当を盗まれたと怒っておりましたが……。そう聞かされたのが四日前で、下千本、中千本、上千本の辺りは徒歩で回ったのですが、草太の姿は見当たらず……。今日は奥千本の辺りを捜したいと思っております」

　吉野山の地図を広げ、雪がやつれた顔つきで言う。

　吉野山は広い。中千本の辺りまではなだらかな道も多く、ハイキングコースとしては最適だ。だが奥千本の辺りは標高も高いし、道も舗装されていない。山歩きになると察していたので、登山用の靴も用意してきた。問題は自分の体力だけだ。

「まぁ、地図を見ると、もし草太がいるなら奥千本かなと俺も思います」

　櫂は顎を撫(な)でて、目を細めた。

「草太が今も鬼の姿なら、人目を避けるだろうから。誰も来ない山の奥へ逃げるでしょうね」

　奥千本までの車でのルートを探しながら、櫂は雪を見つめた。

「草太の父親と会ったのがこの山と言ってましたけど……、草太にもこの話を聞かせたんですか？　鬼である父親は亡くなったというのは聞きましたが……」

　これまで雪の個人的事情には深入りすまいとしてきたが、櫂はこういう事態なので思い切って尋ねてみた。雪が鬼とどうやって知り合ったのか、くわしい話は知らない。

「はい……。五年ほど前でしょうか。私、ここに来たことがあります。実は、その、お恥ずかしい話、死のうと思ってこちらに」

　言いづらそうに雪が言い出し、櫂は思わず身を引いた。

「えっ、ちょっと、しょっぱなからヘビーなんですが……」

　鬼の子どもを身ごもるくらいだから、相当重い過去があるのだろうと思ったが、想像以上の話の始まりで聞くのが怖くなってきた。陰陽師の仕事をしていると、重い過去を背負った依頼者が訪ねてくるものだが、雪もそれに負けていない。

「ええ、その、私、ひどい男に関わってしまいまして、心も身体もぼろぼろに。それでもう死ぬほうが楽なのではと思い詰めて、小さい頃、桜を見に家族で出かけた吉野山で死のうと。こちらの方には本当に迷惑な話ですよね」

　はにかんで笑っている雪の笑顔に恐ろしさを感じて、櫂は「はぁ」と顔を引き攣らせた。

「奥千本まで登山して、死ぬ場所を探していましたら、目の前に鬼が現れたのでございます。びっくりはしたのですが、死ぬつもりだったので、これで楽になれると。ところがその鬼は、死を望む私を軽蔑して殺してはくれなかったのです。私は鬼の棲みかに連れていかれ、しばらくの間、鬼と過ごしていました」

　雪は鬼の棲みかの場所についてはよく覚えていないそうだ。鬼に抱きかかえられ、ひとっ飛びすると洞穴のような場所にいたという。

「ある日、鬼は強い物の怪と闘ったと言って、半死の状態で戻ってまいりました。そのまま私の腕の中で……。鬼は私を結局食べなかったのです。私は何だか無性につらくて一緒に死のうと思ったのですが、その時、草太が私のお腹にいるのが分かって……」

　当時を思い出したのか、雪の横顔が美しく凜と輝いた。耀には一生知ることのない母性というものかもしれない。雪はお腹に子どもがいると分かったとたん、強くなったのだ。

「私は山を下りて自宅のマンションに戻りました。鬼の子を宿したとしれたら、父と母はパニックになってしまいますから、従姉妹の手を借りて自分の家で草太を産んだのです。従姉妹は産婦人科で働いておりましたので……。角の生えた子を取り上げたのは初めてと言ってました」

　耀は人知れず苦労していた雪を称賛の眼差しで見つめた。子どもができると母親は強くなるというが、耀には真似できないすごい人だ。半妖である草太は耀のもとに来るまで角の引っ込め方を知らなかった。聞くと、外に出る時は帽子を被って凌いでいたそうだ。

「草太は半年ほどで二歳児くらいになってしまったので、私もお世話するのは本当に大変でした。ちょっと力を込めただけで何もかも破壊してしまうので……。あばらを折られて生活が困難になった時、草太がとても悲しそうな目で落ち込んでいたのです。私はこれ以上草太を自分の元で育てるのは無理だと判断し、櫂様にすがったのです」

櫂は雪が草太を抱えて屋敷の前に立った日のことを思い出した。鬼の子どもを育てるのに苦労していると相談され、じゃあ預かろうと言ったのだ。もちろん多額の報酬と引き換えだ。結構な金額を吹っ掛けたので諦めるかと思いきや、雪はそれを工面してきた。

「草太を捜しましょう」

櫂はエンジンをかけて、雪に微笑(ほほえ)んだ。

「櫂様……。お願いします。草太は優しい子なんです。もし人を殺めたなら、必ず罰を受けさせますから」

雪は目尻に涙を浮かべて、頭を下げる。

車で奥千本まで行き、あとは徒歩で草太を捜す。草太がこの山にいるのを願って、櫂はゆっくりと車を発進させた。

吉野山駅から車で上千本にある竹林院を目指した。ここから奥千本の駐車場に続くルートがある。車道は思ったよりなだらかで、曲がりくねっているが、道幅も十分ある。少し薄暗い道を三、四十分ほど走ると、奥千本の駐車場についた。観光バスが通っている道だ。だいぶ標高が高くなり、空気も綺麗で気持ちいい。車から降りると羅刹は大きく伸びをした。

「山は良いな」

鬼は山に棲むものなので、羅刹も山にいるとのびのびしている。櫂は用意しておいたリュックを取り出し、ペットボトルの水と板チョコレートを二、三枚突っ込んだ。

「さて、どちらから行くかだが……」

櫂は目を閉じて息を整えた。吉野山一帯に気を巡らせ、物の怪の気配を探った。一番近い場所に羅刹という鬼がいるのでまぎらわしかったが、確かに西の方角から物の怪の気配を感じる。

「こっちの方角に何かいるな。羅刹、分かるか？」

櫂の質問に羅刹は腕を組み、くんと鼻を鳴らす。

「鬼の匂いはするなぁ」

羅刹が答えると、雪の目が輝く。遠い場所にいる物の怪の気配は感じとれても、それがどんなものかまでは櫂には判別できない。羅刹の鼻のほうが頼りになると、櫂は西の方角へ向かおうと決めた。もし草太ではない別の鬼が出てきたら、困った状態になるが。

「とりあえず西行庵(さいぎょうあん)へ行ってみよう」

地図を見て、櫂は歩き出した。駐車場から義経の隠れ塔や金峯(きんぷ)神社を経由して西行庵へ足を進める。金峯神社の辺りは道も綺麗で歩きやすかったが、西行庵の周囲は山道なので少し息が切れた。運動とは無縁の生活を送っているので、少しの勾配でも疲れる。それでも山の上なので、思ったより暑さはつらくない。ハンカチで流れる汗を拭い、周囲を見回した。

「ふう、結構人が来るな」

西行庵につくと、西行法師の像に手を合わせて、櫂は辺りを見回した。西行庵は西行法師が住んでいたとされる庵だ。山の中にある小さな庵で、観光的には桜の時期以外はあまり価値のない名所だ。とはいえ夏休みの時期のせいか、ここまで来る観光客が思ったよりいる。

「お前、霊体化できないんだよな……」

どんよりとした目で羅刹を見やり、櫂はうなじを掻いた。まったく観光客がいないという場所なら羅刹に周囲を飛び回ってもらうのだが、時々人が現れるのでうっかり鬼を飛ばせない。羅刹が霊体化できたら楽だったのだが。

「何だかパワースポットって紹介されているみたいですよ」

西行庵を訪れた観光客と話していた雪が、やれやれという表情で教えてくれた。確かに吉野山の神様の力強さは感じる。

「草太の気配は感じないか？」

櫂は一縷の望みを抱いて、羅刹に手を合わせた。羅刹はぐるりと辺りを見回し、山の上のほうを指さした。

「もっと奥に鬼がいる。だが、あの子鬼かどうか分からん」

羅刹はあくびをして答える。

「お前、ちょっと登って見てきてくれよ」

猫撫で声で頼むと、羅刹がぷいっと横を向く。

「何で吾が。面倒くさい」

相変わらず羅刹は頼みを聞いてくれない。櫂の危機には即座に対応してくれる羅刹だが、それ以外に関してはにべもない。

「私、行ってみます」

雪が道なき道を登ろうとしたので、急いでそれを止めた。時おり人が来る場所だ。ルートを外れた道を進めば、親切な旅人が声をかけてくる。目立つのはまずい。

「行くならもう少し日が沈んでからにしましょう。いったん車に戻って、観光客がいなくなるのを待ったほうがいい」

草太に会えたとしても、説得に応じてすんなり出てくるとは限らない。草太以外の鬼と接触したら、闘いになる可能性がある。そうなったら、人目につくのは非常にまずい。現在の時刻は四時半。真夏なのでこの時間だと昼間と同じくらい明るい。本当は夜になると邪気が強まるので、鬼と会うなら昼間のほうがいいのだが、今の時代はスマホという恐ろしい道具がある。うっかり羅刹の姿を動画にでも録られたら、説明に苦慮する。

「そうですね……。分かりました」

雪も頷いて、一度車に戻ることにした。駐車場の近くならトイレもあるし、不測の事態でも車で移動できる。そう思って戻ってみると、日陰に置いていた車は、車内にさんさんと日差しが降り注いでいた。ドアを開けたとたん、もわっとした熱い空気が充満していて、とてもじゃないが入れない。外気を取り込んでいる間、日陰に立っていると、ふとこめかみにぴりりとした痛みが走った。頭に浮かんだのは式神の伊織だ。伊織に何か起きたのだろうかと気になったが、今は考えている余裕はなかった。

「霊符を作るので、しばらく集中します」

車にこもっていた熱が引くと、車内に置いておいた硯(すずり)や筆を取り出し、櫂は後部席に移動して霊符作りを始めた。雪は神社にお願いに行ってくると言って、車から離れた。羅刹は助手席で居眠りしている。

吉野山は霊気の強い山だ。強力な山岳系の神様がいるし、山自体に大きな力を感じる。櫂は吉野山の力を借りながら、何枚かの霊符を書き上げた。全部、貼った相手の力を封じ込めるものだ。草太を調伏できるかどうか、分からない。特に、母親である雪の前で、草太の命を奪うようなことができるのか。

悩みながら筆を走らせたせいか、あるいは慣れない車の中で書いたせいか、霊符は上手く出来上がらなかった。こんなことなら昨夜のうちに作っておくんだったと後悔した。どうにかこうにか数枚書き上げると、のそのそと助手席にいた羅刹が起き上がった。

「おい」

シートの背もたれから顔を出し、羅刹がじっと見つめてくる。

「ん、何だ？」

腹が減ったのかと首をかしげると、羅刹が口を開く。

「……吾があの子鬼を殺したら、お前は吾を嫌いになるか？」

真剣な表情で羅刹に聞かれ、櫂はぽかんとして固まった。最初は何を言いたいのかピンとこなかったが、羅刹の窺うような顔つきに、ハッとした。羅刹は以前、櫂が「伊織を殺したら嫌いになる」と言っていたのを覚えているのだ。羅刹は羅刹なりに櫂が悩んでいるのを理解している。櫂が草太を殺したくないと思っていることも。だからわざわざ尋ねてきたのだ。

（な、何、可愛い発言してんだ！　この鬼は！）

羅刹を連れてきた時点でそれは覚悟の上だったのに、あらかじめ聞いてくる羅刹に胸がきゅんとした。自分に嫌われたくないのかと思うと、胸が熱くなってくる。

（くーっ。そんな可愛いこと言うくせに、何でここんとこご無沙汰なんだよ！）

内心羅刹に突っ込みたいことはいくつもあったが、櫂は咳払いして紅潮した頬を向けた。

「なるべく草太は殺したくない。人を殺めたなら、調伏するしかないが……。できれば封印とか、そういう方向で」

櫂が見つめ返すと、羅刹は眉根を寄せて、髪を掻く。

「とどめは刺すなというのか」

「うんうん」

羅刹の理解力が上がっているのを喜びつつ、櫂は熱っぽい眼差しを向けた。無意識のうちに誘うような目をしていたのだろう。羅刹が後部席に身を乗り出し、櫂に近づこうとする。

「……」

櫂の頬に触れる手前で、何故か羅刹は気を変えたように手を引っ込めた。

「何でだよ！」

つい櫂が怒鳴ってしまうと、羅刹がびっくりしたように目を丸くする。てっきりキスしてくれると思ったので、拍子抜けしたせいだ。

「いや、その……羅刹、最近、手を出してこないじゃないか。まさか俺の身体に飽きたとか言わないだろうな？　言ったらぶっ殺すけど」

じりじりしていたので、いい機会だと櫂は思い切って口にした。雪がいない今が、腹を割って話すチャンスだ。

「怪我を心配しているなら、もう大分いいし……。ちょっと傷痕は残ってるけど……」

羅刹の目を見て話すのが照れくさくて、櫂はそっぽを向いて言った。すると羅刹が無言で車を降りてしまう。何か気に障ったのかと焦ったが、羅刹はすぐに後部席のドアを開けて入り込んできた。そのまま黙って覆い被さるように大きな手で頬を包まれ、櫂は柄にもなくどきりとした。手元にあった筆が床に落ちる。

「ちょ、ちょっと待て！」

　羅刹に口づけられそうになって、櫂は慌ててその顔を手で押しのけた。不満そうに羅刹が目を吊り上げる。

「何だ、邪魔をするな。今、思いきり誘ったろうが」

　顔を押しやった櫂の手を甘く噛みながら、羅刹が文句を言う。

「や、そうなんだが……！　よく考えてみたら、今穢れがつくのはまずい。何もかもすんで、帰ってからにしよう！」

　櫂としてもこのまま羅刹といい雰囲気になりたいところだが、鬼と対峙するなら、穢れを身体につけるわけにはいかない。羅刹は鬼だから、鬼と性行為をすると身体に穢れがつく。穢れは陰陽師にとって大敵だ。

「っていうか、やっぱり俺の身体を案じていたのか？　ものすごい情緒が育ってるじゃないか。最初はあんなに俺に気を遣わなかったのに」

　櫂は表情を弛めて、落ちた筆を拾い上げた。

「人の身体はもろいからな。していいならすぐしたい。吾も欲求不満だ」

　舌なめずりをして羅刹が顔を近づける。

「帰ってから……な」

赤くなる顔を隠し、櫂は小声で言った。本当は今すぐ櫂も羅刹にむしゃぶりつきたい。けれどここは我慢だ。雪のやつれた顔を思い出して、欲望を消し去った。どんなにシリアスな問題が起ころうと、下半身の欲求は存在するのが櫂の悩みの種だ。

甘ったるい空気を消したくて、櫂は早く雪が帰ってこないかと外へ目を向けた。タイミングよく雪が駐車場に入ってきて、急いで羅刹と身体を離す。

「櫂様、出来ましたか？」

車に戻ってきた雪に聞かれ、思わず「えっ、何を!?」と声が裏返った。羅刹とは何もしてないとあやうく言いかけて、雪の怪訝そうな顔つきで、霊符のことだと気がついた。

「あ、ええ、はい。何とか……」

横に座っていた羅刹がおかしそうに笑っている。その笑いを止めようと肘鉄を食らわし、櫂は空を見上げた。

「日が暮れる前に、夕食をどこかでとりましょうか」

戦の前に腹ごしらえと、櫂は運転席に移動した。

金峯神社から約三キロの場所にある葛切りで有名な店に行くと、櫂たちは郷土料理を食した。

大柄な羅刹はどこにいっても目立つので、気を遣いつつ店を後にした。六時半を過ぎたが辺りはまだ明るい。再び奥千本駐車場に戻った頃に、ようやく日が暮れ始めた。

「よし、そろそろ行こう。人気がなくなった」

駐車場には櫂の車だけで、観光客はほとんど帰ったようだ。霊符をリュックに入れて外に出ると、あれほど蒸し暑かったのに、何故かひやりとした。

夕焼けで染まる山道を、雪と羅刹を伴って歩く。やけに真っ赤で気後れするような空の色だ。一応懐中電灯を持ってきたが、真っ暗になる前に帰りたい。

「羅刹、好きにしていいぞ」

人の姿がなかったので、羅刹にはそう声をかけた。羅刹は心得たように飛び出し、鬼の姿に戻って山の斜面を駆け始めた。その速さは視界で追うのがやっとで、あっという間に木立の陰に消えてしまう。

「草太はいるのでしょうか……」

雪は思いつめた表情で、山道を歩いている。櫂にもどうなるか分からなかったので、適当な返事は口に出来なかった。

歩いて二十分ほどで西行庵のところに出る。日が沈みかけていて、徐々に辺りが薄暗くなっていく。山の斜面を見上げると、木々の群生の間に動き回る影があった。おそらく羅刹だろう。櫂は深呼吸して、目を閉じた。

地中深くに意識を繋ぎ、山と同化するイメージで深い呼吸を繰り返す。鳥の声、葉のこすれ合う音、虫の羽音、生き物の息遣いを探る。その中にある違和感を辿った。火の塊のような気配が山の斜面を駆けている。これは羅刹の気だ。その先に、蠢く身体の大きな生き物があった。

櫂は意識を伸ばして、それに触れた。

見覚えのある気配——。

「草太が、いる」

櫂はパチリと目を開けて、言った。雪が息を呑み、歩き出した櫂についてくる。櫂は先ほど感じた気配のほうへ足を進めた。道なき道を進み、茂みをかき分け、足場の悪い斜面を登っていく。

「やっぱり、草太はこの山へ来ていたのですね」

雪が息を荒らげながら、山を登る。

「そのようです。羅刹も気づいたようだ」

櫂は顔を上げ、羅刹の動きを追った。羅刹は太い木に身軽によじ登ると、高い場所から山を見下ろしている。何かを発見したのだろう。高い木の上から、葉っぱを大きく揺らして飛び降りた。

何十メートルか先から、何かが激しく衝突した音が響いた。

櫂は雪と顔を見合わせ、その音がする方向へと急いだ。足元の土は湿っていて、急ごうとすると滑って転びかねない。しかも山を登っている最中に、日が沈み、辺りは暗闇に包まれた。街灯などない場所だ。櫂と雪は持ってきた懐中電灯をつけて、暗がりに明かりを向けた。音は徐々に近づいている。肉を打つような激しい音――。

「あれは……っ」

険しい斜面を登っているせいで、雪の息遣いは喘ぐようだった。暗闇の中、空中でぶつかり合う黒い塊に、恐れおののいたように足をすくめた。

赤く長い髪を揺らして飛びかかっているのは羅刹だ。その羅刹が摑みかかっている相手は、短髪の若い鬼だった。がっしりした肉体で、上半身は裸、下半身にはぼろぼろのズボンをまとっている。動きが速すぎて顔までは見えないが、そのこめかみからは二本の角が生えていた。

羅刹とその鬼は、互いに摑み合って、地面に転がる。斜面をごろごろと下っている最中に、短髪の鬼のほうが蹴りを加えられて後方へ飛ばされた。

「草太！　草太でしょう⁉」

横にいた雪が飛び出して、辺り一帯に響く声で叫んだ。茂みに飛ばされた鬼が驚愕したように飛び上がり、一瞬こちらを見た。その顔を見て、櫂も草太だと確信した。

子どもの頃の面影を残したまま、草太は凜々しい顔立ちの大人になっていた。くりっとした目に、通った鼻筋、肩幅が広がり、手足がずいぶん伸びた。だがその表情は――何かに荒ぶったような険しいものだった。怒りを抑えきれないとでも言わんばかりに、目は吊り上がり、口からは牙(きば)が覗いている。

　草太は猛々(たけだけ)しく咆哮(ほうこう)した。そして再び羅刹に挑みかかる。

　櫂はリュックから霊符を取り出し、地面に石を重しにして置いた。印を組んで、地面に固定する。

「雪さん、危ないから離れて下さい」

　今にも草太の元に駆け寄ろうとする雪に、櫂は厳しい声を上げた。櫂は懐中電灯の明かりを消して、羅刹と草太が争っている間に、周囲に結界を張っていった。草太に逃げられたらまずい。東の方角に霊符を置き、印を組む。草太と羅刹は拳を振るい、激しく地面を揺らしている。羅刹の拳が草太の頭を吹っ飛ばし、大きな身体がもんどり返る。草太の力は強くなったが、羅刹のほうが強いのは明らかだった。鬼として長い間、物の怪と闘ってきたからだろう。

「うぉおおお……ッ」

　だが草太も負けてはいなかった。羅刹の腕に牙を立て、押し倒している。唸(うな)り声と肉を打つ音、激しい息遣いが聞こえてくる。羅刹は腕に喰らいついた草太をぶんぶんと振り回し、地面に叩きつけた。草太は必死に食らいついているが、羅刹が余裕をもって闘っているのが見て取れる。櫂は北の方角に霊符を置き、印を組んだ。暗くて足元がよく見えない。羅刹と草太からなるべく離れて回り込み、西の方角に最後の霊符を置いた。

「羅刹！　外に出ろ！」

　櫂が大声を張り上げると、斜面で草太に馬乗りになっていた羅刹が、ハッとして飛び退った。そのまま櫂の声がする方向に風のように駆けてくる。羅刹が脇をすり抜けた瞬間に、櫂は霊符の上で印を組んだ。結界が完成して、草太の周囲に視えないバリアが張られる。

　草太が遅まきながら気づいて、結界の外に逃げようとする。ところが視えない壁にはじき出されたように、ある程度のところで跳ね飛ばされた。

「う、ぐ、あ……っ」

　草太が憎々しげに櫂を睨みつける。

「青龍、白虎、朱雀……」

　櫂は草太の顔を真っ向から見据え、九字を唱えていく。

「急急如律令！」

　櫂の声と共に、草太が大きく身を震わせ、雄叫びを上げた。まるで雷に打たれたみたいに、上体を反らし、わなないている。

「草太！」

　雪が大声を上げながら草太に駆け寄った。内心焦りはしたものの、雪の気持ちは止められない。櫂が張った結界は鬼を封じるもので、人間である雪には関係ないのだ。術で拘束している草太に、雪が抱き着く。

「ああ、草太、ずっと捜していたの」

雪は草太に会えた安堵で、涙を流している。するとそれまで険しい形相だった草太の顔つきが、弛んだ。草太は苦しそうにしながらも雪を見て、咆哮をやめる。

「草太、捜していたぞ。お前――人を喰ったのか」

櫂は術の拘束は解かずに、聞かねばならない質問を口にした。都内で起こった殺人事件――あれが草太の仕業ならば、草太を調伏しなければならない。

「うう、う……」

草太は全身を縛られる苦しみに呻きながら、どうっと地面に仰向けに転がった。そして近くの草をむしり始める。

「俺は喰ってねぇ!!」

やけくそ気味に草太が怒鳴り、櫂は一瞬戸惑った。

「……ごまかしても無駄だぞ、鬼にとって人肉とは――」

草太に近づいて再び問うと、草太が苦しそうに起き上がって、むしった草を投げつけてくる。

「喰おうとしたけど、喰えなかった！　学校の皆の顔が浮かんで……、だからものすごい腹が減ってるんだ！　先生の肉が喰いたい！」

子どもじみた言い方で喚き散らす草太の顔に嘘はなかった。背後で羅刹が「貴様、吾のものに手を出すと言ったか？」と殺気を漂わせている。もしかして本当に人を喰っていないのか――。櫂は信じられずにまじまじと草太を見下ろした。

「本当のほんとーに喰ってないのか？　小指だけならセーフだろうとか、そういうのもないのか？」

　燿の疑わしい眼差しに、草太が目を吊り上げる。

「小指も喰ってねえし！」

「え、マジで……？」

　てっきり都内で起きた殺人事件は草太のせいだと思っていた。別の鬼がやったというのか。そうそう鬼なんて現れないはずだが……。

「じゃあ何で、戻ってこなかったんだ？　お前を捜して雪さんはこんなにやつれたんだぞ」

　燿がじろりと睨みつけると、草太が改めて雪を見つめて、口をぎゅっと結ぶ。

「一人前の鬼になって飛び出して……、俺だって帰ろうとした。でも角が戻らない。人に見られて山に逃げ込んで、夜の間だけ動き回ってたけど、そのうちどっちに行けばいいか分かんなくて……何となく見覚えのあるこの山に潜んでた」

　しょげたように草太に言われ、燿は思わず近づいて、その頭にげんこつを食らわした。

「いってーぇ‼」

　神気を込めたので、草太にも効いたようだ。痛そうに頭を押さえて、呻いている。

「こんなに心配かけやがって！　このアホが！　こっちはお前を調伏するつもりで来てたんだぞ！」

ホッとした気持ちも相まって、草太の頭に二、三発げんこつを振るう。草太が慌てて身をよじる。

「マジいてーよ‼　ってか調伏って何だよ？」

草太は調伏の意味を知らなかったようで、きょとんとして聞き返す。

「お前をぶっ殺すつもりだったってことだよ！　ホントにもう！　喰ってないなら、早くそう言え！」

櫂は安心したのもあって、大声を上げた。草太は青ざめてあんぐり口を開けている。草太はいつも櫂を喰いたいと言っているくせに、自分がやられることは考えていなかったようだ。

櫂は天を仰いで、吉野の山の神に礼を言った。

草太は人を喰っていなかったのか。草太を倒さなくていいのか。

櫂は気が弛んでその場に尻もちをついた。よかった、本当によかった。草太を学校に行かせていたのは間違いではなかった。

「草太……、草太……」

雪は頬を涙で濡らして草太を抱きしめている。櫂は脱力して、夜空を見上げた。星が綺麗だ。

気持ちが落ち着くと、櫂は術を解き、結界を解いた。草太は羅刹が近づくと、牙を剝き出しにしたが、雪が肩を叩くと仏頂面でうなだれた。

「人間に化けるやり方を教えてやってくれよ、羅刹」

櫂が立ち上がって羅刹に言うと、面倒そうに耳をほじられる。

「何で吾が。そんなもの自然に会得する。できないのは未熟だからではないか？」

羅刹は草太を馬鹿にして笑う。草太がムッとして、拳を握る。

「俺だって教えられたかねーよ！」

子鬼だった時は羅刹を慕っているように見えた草太だが、一人前の鬼になったせいか、態度が豹変（ひょうへん）している。先ほど闘ったのが原因かもしれない。

「もう……。とりあえず草太、俺の家に戻るんでいいな？」

念のため草太の気持ちを確認すると、ふてくされた表情で頷く。雪が頬を擦り寄せて喜んでいる。

とりあえず車に戻ろうと、懐中電灯で辺りを照らしながら、歩き出した。すっかり真っ暗になり、足元もおぼつかない。夜目が利くのか羅刹と草太は平気で歩いているので、手を引いて車まで連れて行ってもらった。

「草太は帽子を被っていろ。角が突き破ってしまうが、まぁそういう仕様に見えないこともない」

トランクに置いてあった野球帽を草太に被せ、念のために用意しておいたTシャツを着せると、櫂は車のエンジンをかけた。羅刹は人間の姿に変化させる。少し疲れているが、鬼状態の草太を人目にさらしたくない。夜のうちに自宅へ戻りたいものだ。

「観光客からご飯を盗んだのは、お腹が減っていたからなのですか？」

後部席で草太と並んで座っている雪が、確認するように問う。草太は羅刹のために置いておいたお菓子やパンを手あたり次第、頬張っている。羅刹と草太は本気で闘っていたので、あちこちに怪我を負っているが、鬼の身なので、すぐに治るだろう。

「うん。腹が減って死にそうだったから、ぼーっとしてる老人から奪った」

平然と述べる草太に雪が、呆れた顔になる。人としての常識を教える必要はあるが、櫂にとっては許容範囲だ。人を喰ったり殺めたりしていなければ、救いはある。

「嬉しそうだな」

助手席に座っている羅刹が、ちらりと横を向いて言う。いつの間にか頬が弛んでいたのだろう。それを恥ずかしいと思う気持ちもあったが、隠すのも変な気がして、櫂は微笑んだ。

「ああ。ホッとした。ありがとう、羅刹」

夜の道をヘッドライトで照らしながら、櫂は何とはなしに礼を言った。羅刹が不思議そうな表情で見返してくる。誰かに礼を言いたい気分だった。

身体は疲れているが、心は満ち足りていた。雪の悲しい顔も草太の悲しい顔も見ないで済んだ。

この先どうなるかは分からなかったが、今は失ったものが戻ってきた気持ちで、夜の道を走っていた。

三章　束の間の休息

日の出と共に埼玉県にある自宅に戻った櫂は、疲労困憊していた。長時間の運転で身も心もぐったりだ。運転手である櫂が、誰か一人でも寝たら許さないと言ったので、羅刹も草太も雪も徹夜で帰宅した。女性の雪を気遣って、奥にある部屋に通したところまでは覚えているのだが、その後、居間に戻ってからの記憶がない。おそらく意識を失うように寝てしまったのだろう。

昼過ぎ頃、空腹を感じて起き上がると、居間に並べた座布団の上で寝ていた。薄掛け布団が身体に掛かっているから、伊織か雪が気を遣ってくれたのだろう。眠りから覚めた理由は鼻腔につく肉料理の匂いだ。起き上がると、羅刹と草太が昼食をとっている。

「あーっ、マジうめぇっ」

二人ともすごい勢いで箸を動かしているが、特に草太は母親の食事に嬉しそうな声を上げている。

テーブルの上にはとんかつに、ハンバーグ、生姜焼き、から揚げと肉料理が並んでいる。呆れて目を丸くしていると、雪がお茶碗に湯気を立てた白米を運んできた。

「燿様、目覚めたのですね。ご飯になさいますか？」

　雪は羅刹にお茶碗を手渡し、微笑む。雪はとっくに起きていて、食事の支度をしてくれたらしい。何て有能な人だろうと感動した。

「俺もご飯、お替わり！」

　草太はお茶碗を空にして、雪に手渡す。羅刹もよく食べているが、草太は飢えを解消するかのごとく、次々と肉料理を腹に詰め込んでいる。

「あ、じゃあ……」

　のそのそと燿が羅刹の向かいに座ると、すぐに雪がご飯と味噌汁を持ってくる。満月はまだ先なので肉料理を食べても大丈夫だが、それにしても肉ばかりでげんなりする。燿の好みはさっぱりした料理だ。

「二人がお腹が空いたと言うので冷蔵庫のものを使ってしまいましたが、大丈夫でしたか？　あの、伊織さんがいなくて」

「え？」

　雪に困ったように言われ、燿は驚いて辺りを見回した。言われてみると、帰ってきた時、伊織の姿がなかった。ためしに式神を戻す術を唱えてみたが、何も変化がない。

（いつの間にか、壊れた？　気づかなかった）

違和感を覚えて、櫂は屋敷内に気を巡らせてみた。屋敷内には気になる点はない。少しだけ玄関の辺りに嫌な気配を感じる。

「すみません、ちょっと」

櫂は食事をする前に確かめておこうと、玄関に向かった。引き戸を開けて庭に出ると、地面に破れた人型の和紙が落ちている。式神の伊織が壊れた証だ。

（誰かにやられた？　あるいは物の怪か？）

櫂は油断なく辺りを見据えた。屋敷内には結界を張っているので、櫂が許可した物の怪以外は入れないはずだ。櫂は人型の和紙を手に取り、顔を顰めた。何者か分からないが、伊織を式神と知って攻撃したのだろうか。

それによく考えたら、那都巳の式神もいない。慌ててスマホを見ると、那都巳から何件か着信が入っている。急いで電話をかけると、すぐに出た。

『うちの式神が何者かに倒された。事情を聞かせてくれ』

名前も名乗らず、那都巳が端的に聞く。

「すまん、ちょっと留守にしていて、今気づいたんだ。俺の式神もやられていた。わずかに邪気は感じるが……はっきりは分からない」

櫂は罪悪感を覚えて、殊勝な口ぶりになった。屋敷を警護していてくれた那都巳の式神はかなり力がありそうな感じだった。その式神が倒されるくらい、強力な物の怪が現れたのだろうか？

「先に言っておくけど、俺の家にいた半妖の鬼は見つかった。あいつは何もしていない。人の肉も喰ってない。だから調伏は勘弁してくれ」

櫂はこれだけは言っておかねばと、吉野の山で捜していた鬼は見つけたと報告した。

「最近、世間を騒がせている事件を起こした鬼は、別の鬼だった。まだそちらについては分からない」

『……なるほど。とりあえず明日、そっちに行っていいか？　代わりの式神も置きたいし。どうやら君の周りで何か起きているようなのでね』

那都巳は口早に告げて、櫂が分かったと言うなり電話を切った。忙しい身らしい。式神の伊織は小間使いとして作り上げたので、物の怪に倒されるのは仕方ないが、那都巳の式神は戦闘に特化した作りの式神なので、倒されたのは問題だ。

(嫌な感じだ)

不穏な気配を感じ取り、櫂は落ち着かない気分になった。式神に何かあると、櫂にも伝わってくるのだが、昨日はそれどころではなかったので、気づかなかった。そういえば車にいる時に何か違和感があったような……。

居間に戻ると、櫂は雪の作った味噌汁を口にした。伊織とは違う味つけだが、非常に美味しい。雪がいてくれてよかった。櫂は料理に関しては何の知識もない。卵を焼くのさえ失敗するレベルだ。

「はー。マジ腹いっぱい。あー極楽」

草太は四杯ご飯をお替わりして、ようやく満ち足りたように箸を止めた。羅刹も生姜焼きを全部平らげて、ご満悦だ。

「伊織などいらぬから、女、お前が飯炊きしろ」

羅刹は雪に向かって失礼な発言をしている。

「俺のかーちゃんに、無礼だぞ」

草太はムッとして羅刹を指さす。以前は子どもだったので問題なかったが、大人の、しかも大柄な男が二人もいると居間がひどく狭く思える。草太は腹が満ちたおかげか、以前のような落ち着きを取り戻していた。姿は大人だが、しゃべると中身は完全に子どもだ。

「女じゃなくて、雪さん、だろ。羅刹、言葉に気をつけろ」

草太の文句を聞き流している羅刹に、しかめっ面で注意する。羅刹はちらりと雪を見て、

「良い名だ」と呟く。羅刹は意外と雪がお気に入りのようだ。

「落ち着いたら、草太。お前、変化の術をすぐに覚えてくれ。ちょうど夏休みだったからいいようなものの、あと一週間くらいで新学期だぞ。学校に転校するって挨拶しに行かなきゃならない。子どもの姿に戻ってくれ」

残り物のハンバーグを咀嚼しながら、櫂は草太に向き直った。

草太が急に消えてから、学校への連絡に苦慮していた。家庭の事情で休学すると連絡したものの、新学期が始まったらどうごまかそうかと悩んでいた。最近はすぐに児童相談所に連絡されるので、下手な発言は控えねばならない。草太が戻ってきて助かったが、今の姿では同じ人物だと信じてもらえない。

「つってもさ、俺、分かんね。角の戻し方も分かんねーし」

草太は頬をふくらましている。なりは大きいが、性格は子どものままなので、アホっぽく見える。

「羅刹、アドバイス」

味噌汁を飲み干しながら、櫂は羅刹に顎をしゃくった。羅刹はいつの間にか用意したカップ酒を呷って、ふむと頷く。

「気合いだ」

機嫌のよい顔で言われ、草太が目を点にする。

「は？」

「だから、気合いだな。気合いを入れて、ふんっとすれば変わる」

説明になっていない答えが戻ってきて、草太が顔を引き攣らせる。昨日はもったいつけて答えなかったので、よっぽど難しい術でも使っているのかと思ったが、ろくな答えじゃない。

「もう少し何かないのか？　そんな根性論じゃなくて」

食事を終えて櫂がため息混じりに聞くと、羅刹は唇を尖らせて、カップ酒を空にする。

「そもそも変化など、鬼なら誰でもできるはずだ。上手い下手はあるが。やり方など、教わるまでもない」

羅刹の言い分は草太を少なからず落ち込ませた。気の強い草太がしょげている様子は珍しい。半妖であることや自分の複雑な生い立ちについて、草太なりに悩んでいたのだと知った。

「草太、イメージしてみろ。角が引っ込むイメージだ。前はできていたじゃないか」

櫂は草太に向き直って、草太の額を軽く叩いた。草太は子鬼だった時、角を引っ込めたり出したりしていた。それと同じことだと思うのだが。

「やってるんだけど」

草太はあぐらをかき、目を閉じて、うーんと唸りだす。雪がハラハラして見守っているが、一向に角が引っ込まない。櫂はふっとあることに気づいた。

「お前……、まだ額に角があるイメージでやってないか？　今はこめかみだぞ？」

櫂が指摘したとたん、ハッとした様子で草太が目を見開く。

「そうかっ」

草太の目が輝くのと同時に、こめかみの角が引っ込んだ。雪は両手を上げて喜んだが、櫂は冷たい眼差しを注いだ。

「お前、アホなの？」

「ううううるさい！　気づかなかっただけだ！」

草太も簡単なミスに顔を赤くしている。ともかく角が引っ込んだのなら、かなり状態は改善された。鬼状態の草太は羅刹ほど大柄でもないし、角がなければ十分人間に見える。あとは子どもの姿に変化するだけだ。

「ううー、うーん、くそー」

草太は両手に力を込めて、必死に変化しようとしている。だが、角が引っ込むのとは違い、会得に時間がかかりそうだ。羅刹は助ける気はないようで、二本目のカップ酒を開けている。

「時間がかかりそうだな……。雪さん、どうしましょう。実は小学校から時々電話がかかってきて、草太はどうしているか聞かれるんです。何とか草太には子どもの姿に戻ってもらって、事件性はないとアピールしてほしいんですけど」

必死に変化しようとしている草太を横目で見やりつつ、櫂は言った。雪が申し訳なさそうに頭を下げる。

「すみません、草太を捜すのに夢中で、学校からの電話を無視しておりました。何とかしなきゃですね……まずは草太にがんばってもらって」

畳の上でブリッジしている草太を見やりながら、雪が不安そうに眉根を寄せる。草太は変な格好をしながら、必死に子どもの姿になろうとしている。

「仕事のほうは大丈夫なんですか？」

耀は気になっていた質問をした。雪はずっと家を離れて、草太を捜し回っていた。華道の先生をしているので、休みの融通は利くかもしれないが、受け持つ生徒への対応もあるだろう。実家が金持ちというのは知っているが、金銭的な面で手助けはできないので気になった。

「ええ、それは大丈夫です。草太を捜索するに当たって、もう元の生活には戻れないんじゃないかと思って、生徒には別の先生を紹介しておりますので」

雪は微笑みを浮かべて答える。そこまで覚悟して草太を捜していたのか。仮に草太が人を殺していたら、雪も命を絶っていたかもしれないと背筋がひやりとした。一見大人しそうな顔をしているくせに、怖い人だ。

「まずは変化の術からだな」

畳の上で仰け反っている草太を眺め、耀は先は長そうだと頭を抱えた。伊織が消えた件に関してもう少し調べようと腰を浮かしかけた時、居間に置かれた固定電話が鳴った。反射的に取ってしまい、急いで着信番号を見ると、草太の学級担任からだった。しまった、居留守を使えばよかった。

「はい、氷室です」

恐々として電話に出ると、担任の山岡のキンキン声が響く。草太の学級担任は眼鏡をかけた四十代の独身女性で、気が強く、声が耳障りな人だ。

『私、草太君の担任の山岡です。草太君はご在宅ですか？　先日の登校日には来なかったので、気になりまして。今日、時間がありますので、ぜひ伺いたいのですが。お母様のところにも電話したのですが、ずっと留守のようなので、そちらにいるはずですよね？』

櫂の相槌を待たず、山岡が強い口調で言う。夏休みに入る少し前から欠席が続き、夏季休暇の登校日にも欠席したので、心配しているのだ。担任は櫂を雪の内縁の夫と思い込んでいる。

櫂は少し待って下さいと言って保留ボタンを押すと、草太に向き直った。

「山岡先生から電話だ。お前、出てくれ。声だけなら、大きくなったことを気づかれないはずだ。ちゃんと生きているし、虐待されているわけじゃないって言えば、先生も納得するはずだ」

櫂が電話を渡すと、草太が起き上がって受話器を握る。保留ボタンを解除して、草太と担任の会話を見守る。

「あ、先生、久しぶり！　俺、元気、元気。すげー腹減ってて死にそうだったけど、かーちゃんが上手い飯作ってくれたし」

陽気な声でしゃべりだした草太に、櫂は顔を覆った。その言い方だと、まるで食事を与えていないネグレクトと誤解されそうだ。

だが草太の声だと山岡にも伝わったのだろう。電話口から安心したような声が漏れ聞こえてきた。夏休みに入る前からずっと休んでいたので、心配していたと言っている。

「えっ、夏休みの宿題⁉　やっべー、ぜんぜんやってねー‼」

草太の素っ頓狂な声が響き、思わず雪が笑い出す。今まで生きているのかどうかも分からず、ひょっとして人を殺めたのかと悩んでいたのに、夏休みの宿題というほのぼのとしたフレーズで、つい笑いがこぼれたのだろう。

「新学期になったら、学校……えーと、ちょっと俺よく分かんないけど、とりあえず元気です」

草太の声がしどろもどろになっていき、手助けするように雪が電話口に出た。雪はよく通る声で、また改めてご挨拶に参りますと告げて電話を切った。

「はぁ、焦った」

教師という苦手な人からの電話で櫂が緊張していると、雪が困ったように頬に手を当てた。

「草太は転校するということにするしかないでしょうか。私一人で挨拶に行って問題なければいいのですが、やはり草太も伴ったほうがいいでしょうね。お友達とお別れもしたいでしょうし」

悩ましげに草太を見つめ、雪が吐息をこぼす。友達と言われ、草太の顔つきがふっと変化した。どこか寂しそうな、幼い表情だ。とたんに草太が、手を叩いた。

「あっ、分かった!」

草太が突然、飛び上がった。次の瞬間には草太の姿が以前と同じ、少年の姿に変化する。あどけない顔立ちにくりっとした目で、親指を立てる。

「ホントに気合いだな！　変化の術のやり方、分かったぜい！」

草太は子どもの姿で、誇らしそうに叫ぶ。人間である櫂にはさっぱりやり方が分からないが、気合いでどうにかなったようだ。草太は変化の術を練習するように、元の姿に戻ったり、子どもの姿に戻ったりを繰り返した。人間の大人の姿にも変化したが、角があるかないかくらいで、鬼の姿とたいして違いはなかった。羅刹は鬼になると、身体つきがだいぶ変化するので、鬼歴の長さが関係しているのかもしれない。

ともかく、一つの問題は片づいた。

今後について話し合う草太と雪を居間に残して、櫂は「少し二人で話があるから」と羅刹と共に部屋を出て行った。

廊下を歩いている途中で羅刹の手が伸びて、身体を引き寄せられた。

睡眠をとり、食事をして、問題ごとが片づいたなら、ヤることは一つだけだ。羅刹が屈（かが）み込んで唇を寄せてきたので、櫂は興奮してその腰に手を回した。早く部屋に戻って、羅刹に抱かれたい。羅刹もしたかっただろうが、櫂だって欲求不満だった。羅刹の熱を感じたい――と思って自室に向かったのだが、壊れている障子を見て、足を止めた。

「羅刹、ちょっと待て」

口づけてこようとする羅刹の顔を押しのけ、櫂は眉根を寄せた。

「ここじゃまずい。場所を変えよう」

障子が破壊されたままなので、廊下からばっちり見えるし、声だって筒抜けだ。草太はともかく、雪にあられもない声を聞かれるのは勘弁したい。

「吾(われ)はどこでも構わん。一分以内に決めないと、廊下で犯す」

羅刹の手がシャツを引っ張ってきて、櫂は急いでその手を押しのけた。二人きりになれるところを探さねばと、頭を巡らせ、ぴんときて押入れから毛布を引っ張り出した。

「蔵へ行こう」

棚からローションのボトルを摑(つか)み、毛布と一緒に抱えながら、玄関を出る。中庭をぐるりと回って羅刹と共に蔵へ急ぐ。

屋敷内にある蔵は、古道具や依頼で預かった禍々(まがまが)しいアンティーク用品、武将の甲冑(かっちゅう)や兜(かぶと)、代々伝わる掛け軸や皿の入った箱が積み重ねられている。羅刹はいつもここにある用心籠(かご)と呼ばれる昔の人が使った災害の際に家財を運び出す大きな籠で寝ている。屋敷内は護符も貼ってあるし、不動明王の目があるので、居づらいそうだ。

櫂はうっすら埃(ほこり)の積もった床に、毛布を敷いた。ここなら防音はばっちりだ。多少暗くて湿気ていて、禍々しい気配はあるが、ひんやりしていて涼しいし、秘め事をするにはちょうどいい淫靡な場所だ。

待ちきれないとばかりに羅刹の手が伸び、身体を引き寄せられる。櫂も両手を伸ばして羅刹の首に絡めた。

「羅刹」

唇を寄せると、すぐに激しく吸われる。角度を変えて唇を食み、開いた唇から舌を入れた。羅刹の舌と自分の舌が絡み合い、えも言われぬ高揚感を掻きたてる。

「ん、ん……」

夢中で羅刹の唇を吸いながら、羅刹の身体を引く。羅刹は毛布の上に櫂を押し倒すようにして、覆い被さってきた。羅刹の大きな手が身体をまさぐる。まだ昨日の衣服のままで、シャワーも浴びていない。ふだんなら身体を綺麗にしてから行為に至りたいが、今は少しの時間も惜しかった。一刻も待ちきれない。早く羅刹の熱を感じたい。

「はぁ、あ、あ……」

毛布の下は硬い床で、寝そべると身体が痛んだが、櫂は羅刹の背中に手を回し、うっとりと吐息をこぼした。羅刹の息遣いが荒くなり、櫂のズボンのベルトをもどかしげに解こうとする。それを空いた手で手伝い、櫂は自らズボンをずり下ろした。

「汗、掻いてる……悪い」

下半身が下着一枚だけになると、櫂は息を乱して言った。まだキスしかしていないのに、身体が熱くなっている。下着が盛り上がっているし、鼓動も速い。羅刹の目に情欲の炎が灯るのが分かると、ぞくぞくして仕方ない。

「いい。お前の匂い、興奮する……」

下着を脱がしながら、羅刹が下腹部に顔を埋める。性器を舐(な)められ、櫂は大きく腰を揺らした。羅刹はローションのボトルからとろりとした液体を手のひらに垂らした。そして濡(ぬ)らした指を櫂の尻の奥に入れて、勃起(ぼっき)した性器を口に含む。汗ばんで汚れている敏感な場所を弄(いじ)られ、櫂は胸を喘(あえ)がせた。

「ひ、は……っ」

羅刹の口の中に性器が呑み込まれているのが視界に入ると、羞恥(しゅうち)心と背徳心で頭がくらりとした。時おり、羅刹の尖った歯が性器に当たるたび、怖いような、それでいて高揚するような快楽に襲われた。

「鬼に性器を吸われるなんて……、こんな陰陽師(おんみょうじ)、他にいない」

櫂は頬を紅潮させ、顔を上下する羅刹の髪をまさぐった。羅刹は口から性器を引き抜き、尻の奥に入れた指を掻き乱した。長く節くれだった指で内壁を解(ほぐ)され、櫂ははぁはぁと息を喘がせた。つたない羅刹の愛撫(あいぶ)に、身体が悦んでいる。

「ひぁ……っ」

羅刹の指で前立腺を押されると、櫂は甘ったるい声を上げて、身悶(みもだ)えた。

「ここがいいのか？」

羅刹が櫂の反応を確かめるように、ぐりぐりと指を動かす。櫂が何度も頷くと、荒い息遣いで指を律動する。自分でやるのと違い、深い興奮と、期待があった。羅刹の指の動きに腰をひくつかせ、櫂は手を伸ばした。

羅刹の股間に触れると、衣服の上からも硬くなった性器があった。櫂が布越しにぎゅっと握ると、羅刹が甘く呻いて腰を引くようにする。櫂は羅刹のベルトを外し、ズボンのファスナーを下ろした。下着も引き摺り下ろすと、ぶるりと大きくて反り返った一物が飛び出てくる。思わず口を寄せ、雄々しい性器をしゃぶった。大きくてとても全部は呑み込めない。

「ふぅ……ずいぶん美味そうに舐めるな」

羅刹が気持ちよさそうな息を吐き出す。

「羅刹、早くこれをくれ」

櫂は羅刹の性器を口から吐き出し、熱のこもった目つきで羅刹に囁いた。羅刹が痛みを堪えるような顔つきで、櫂の尻の穴を指先で広げる。

「まだ、狭い……。吾は興奮している。鬼に戻るかもしれぬ」

羅刹が呼吸を繰り返し、上擦った声で言う。櫂は乾いた唇を何度も舐め、自らの足を抱えて、股を広げた。

「待ちきれない、入れて……」

　櫂が濡れた目つきで言うと、羅刹の体温が上昇し、尻に入れた指が抜かれた。羅刹は大きく息を吐き出し、勃起した性器の先端を櫂の尻穴に押し当てる。

「知らぬぞ……」

　羅刹が太くて長い性器を手で支えながら、ぐっと押し込めてくる。狭い尻穴が広げられ、待ち望んだ熱くて硬いモノが内部に入ってきた。身体の奥が熱くてじんじんする。羅刹の性器がずりずりと奥まで入ってくると、気持ちよさのあまり、切ない声がこぼれた。

「あ、あ……、すごい……」

　久しぶりの肉棒に、身体が悦んでいる。圧迫感はあるのに、それを上回るほどの快感で、腰がひくついた。

「……っ、はぁ……、締めすぎだ……」

　櫂の太ももを押さえつけ、羅刹が上擦った声を上げる。身体の奥にどくどくと脈打つ熱いものがある。その先端の張った部分がゆっくりと内部の感じる場所を擦っていく。櫂は頬を紅潮させ、はぁはぁと乱れた息を吐いた。

「あぁ……っ、は、あ……っ、羅刹ぅ……っ、気持ちいい……っ」

　中に入っている性器が愛おしくて、咥（くわ）え込んだ内壁が収縮するのを止められない。羅刹の勃起した性器の形を確かめるように、きゅーっと締めつける。無意識のうちに櫂が手を伸ばすと、羅刹の腕が背中に回って、身体を持ち上げられた。

「お前の中は……、熱くて狭くて……、頭がぼうっとする」

羅刹は繋がった状態で毛布の上にあぐらをかき、櫂の腰に手を回した。対面座位で繋がる形になると、羅刹の性器が深い奥まで侵入してくる。怖いくらい奥まで犯され、櫂は仰け反って嬌声を上げた。

「羅刹……、羅刹、乳首、舐めて」

櫂はとろんとした目つきで、自らのシャツを広げた。羅刹の前に素肌をさらすと、待つほどもなく乳首を吸われる。

「ん……っ、は、ぁ……っ、ひゃ、あ……っ」

羅刹の長い舌で乳首を弾かれ、櫂は気持ちよくて甲高い声を発した。片方の乳首は指で弄られ、もう片方の乳首は音を立てて吸われる。

「あっあっあっ、きもち、いー……っ、たまら、ない」

羅刹に愛撫され、乳首はすぐにしこり、舌で弾かれるたびに腰がはねる。乳首を刺激されるたびに銜え込んだ性器を締めつけ、寒気のような快楽が全身に広がる。

「いいのか？　もうびしょ濡れだ」

羅刹が揶揄するように櫂の性器を握る。櫂の性器の先端からは先走りの汁があふれ、竿を濡らしていた。胸を突きだすような形になってしまうのが恥ずかしくて止めたいのに、快楽の前に我慢ができない。

「いい、気持ちい……っ、あ……っ、やぁ……っ」

羅刹の髪をまさぐり、腰を揺らす。羅刹の息遣いが熱を帯びる。内部の熱が心地よくて、腰から下に力が入らなくなった。

「はぁ、吾も気持ちいい……、我慢できなくなってきた」

羅刹は櫂のうなじに手を伸ばして引き寄せると、ぶるぶると腰を律動してきた。深い奥を擦られ、櫂はひっきりなしに声を上げた。

「ひ、あ、あ……っ、あっ、そこ、やば、い……っ」

羅刹が櫂の腰を押さえながら下から突き上げると、櫂は涙目になって羅刹にしがみついた。ずぼずぼと奥を突かれ、快楽の波が狭まってくる。声を殺せないほど快感が高まり、櫂は無意識のうちに咥え込んだ性器をきつく締めつけた。

「や、ああ、あ……っ‼」

気づいたら羅刹に抱き着きながら、白濁した液体を噴き出していた。ほぼ同時に羅刹も荒々しい息遣いで櫂を抱きしめ、内部に大量の精液を吐き出してくる。

「ひ、は……っ、は……っ、あ……っ」

全力疾走をした後みたいに呼吸が乱れ、櫂は全身を震わせながら身悶えた。繋がった奥にじわっと熱いものが広がっている。酒の匂いが鼻につく。櫂はくらりとして羅刹にもたれかかった。羅刹の精液は酒の匂いがする。

「はぁ……っ、はぁ……っ、お前の身体は不思議だ……、何故、何度やっても物足りぬ。もっとしたくなる。一晩中でも可愛がりたい」

羅刹は汗ばんだ顔で櫂の頬を撫で、うっとりした表情で口づけてきた。可愛がりたいと言われ、胸の奥から熱くて甘い感情が湧きだしてくる。同性しか愛せないと分かった時から、男なのに櫂はそれを望んでいた。男に愛され、可愛がられたい。何度でも身体を求められたい。

「羅刹……、羅刹……」

羅刹が鬼であることも忘れ、櫂は蕩けるような表情でキスをした。羅刹の形のいい唇を食み、顎を撫で、頬をすり寄せる。羅刹の熱が愛おしくて、甘えるように舌で顔を舐め回す。

「そう煽るな……」

羅刹の大きな手がうなじを摑み、深く唇が重ねられる。羅刹の舌が上顎を舐め、歯列を辿る。濡れた音を立てて舌を絡め、背中を撫でられる。

「はぁ……はぁ……、ん、……っ、」

櫂は羅刹の手の動きに合わせて、ひくり、ひくりと震えた。

羅刹の手が脇腹や、太もも、結合部を揉んでいく。濃厚なキスをしているうちに内部の羅刹の性器は再び硬くなり、櫂の中で蠢きだす。

「一度抜くぞ……」

羅刹の手が腰にかかり、櫂の身体を引き離す。羅刹の太い性器が抜かれた途端、どろどろとした粘液が太ももを伝った。羅刹が大量に注いだせいで、下半身はびしょびしょだ。櫂は喘ぐような息遣いで毛布に身体を預けた。

うつ伏せにされ、羅刹が腰を持ち上げる。

「あ、う……っ、ぅあ……っ」

まだぱくぱくと口を開けていた櫂の尻の穴に、羅刹が腰を進めてきた。熱くて硬い棒がぐーっと入ってきて、櫂は大きく腰を震わせた。

「ひ……っ、は……っ、やぁ……っ」

羅刹はすぐに腰を突き上げてきた。櫂の腰を抱え、容赦なく性器を律動してくる。羅刹が動くたびにいやらしい水音が響き、櫂は胸を上下させた。腰だけを突きだすような形で毛布にうつ伏せになり、両足を広げた。羅刹は膝立ちになって、激しく腰を振っている。

「あ……っ、あ、あ、あ……っ、熱、い……っ」

繋がった場所からぐちゃぐちゃという濡れた音がして、櫂は真っ赤になって腰を揺らした。先ほど達したばかりなのに、性器はまた硬くなり、濡れている。羅刹に乱暴に突き上げられると、自分でもよく分からない感情が湧いてきて、羅刹の太くて硬い熱のことしか考えられなくなる。この快楽の前には他の何物も敵わなくて、ひたすら快楽を追うだけしかできない。

「ここがいいのか……？　ここを突くと、中がうねる」

羅刹は櫂の快楽ポイントをすぐに察し、集中的にそこを責めてきた。先端の張りだした部分

で何度も擦られ、ごりごりと突かれる。耀は声を出せないくらい感じてしまい、頬を涙で濡らした。気持ちよくて、変なことを口走ってしまいそうだ。

「や、あ……っ、イっちゃう、すごいの、クる……っ」

あまりの快楽に逃げようとした腰をがっちりと押さえ込まれ、激しく奥を突き上げられる。絶え間なく弱い場所を擦られ、耀は悲鳴じみた声を上げて仰け反った。

「ひあああ……っ‼」

頭から足のつま先まで強い快楽が走り、前を触られていないのに射精していた。突かれるたびに精液がこぼれ、毛布をぐしょぐしょにしている。

「ひ……っ、ひゃ……っ、イってる、イってる、から、ぁ……っ、待って、動かないで……っ」

達している間も奥を突かれ、耀は引き攣れた声で身体を震わせた。動かないでくれと頼んでも羅刹は聞く耳を持たず、好きなように腰を律動している。

「中がひくついて気持ちいいぞ……、ふー……っ、よく締まる穴だ」

羅刹は耀の背中を撫で、深いスライドで奥までぐっと性器を押し込んでくる。かと思うと浅い部分を責めたり、根元までずっぽりと入れて内壁を掻き乱す。

「お前とすると、出すのが早い……」

さんざん耀の内部を突きながら、羅刹が腰をぶるりと震わせた。次の瞬間には耀の中に精液が吐き出される。それでも三十分近く、中に留まり腰を律動していたのだ。その間に櫂は何度も絶頂に達し、最後には精液を出さずに失神するような快楽で果てた。

「どこに触れても、ひくひくしているな……」

櫂の乳首を指で弾いた羅刹が面白そうに囁く。櫂の身体がびくりと跳ね上がり、痙攣を起こす。羅刹とするたびに快楽が深まり、離れられなくなっている。

思考は散漫になり、櫂は乾いた口を厭いつつ呼吸を繰り返した。蔵の中はひんやりとして、外の暑さが嘘のようだ。羅刹の唇が頬に触れるのを感じながら、櫂は目を閉じた。


羅刹と数時間身体を重ねると、心身ともに満ち足りた。昔から性欲が強すぎるのが悩みだったが、羅刹といる時だけは物足りなさを感じなくていい。持久力もあるし、体力もあるし、何より櫂より性欲が強い。しかも今日は鬼に戻らず、人間の身体のまま櫂を抱いてくれた。鬼の身体になると当然性器も大きくなるので、身体に負担がかかるくらい疲れる。腰は重くなるし、尻の穴が開きっぱなしになっている感じがするし、翌日も身体がつらい。

（何だろう。今日はマジで気持ちよかった。終わった後に虚しくならないし……）

脱いだ衣服に袖を通しながら、櫂はちらりと羅刹を見た。羅刹は裸のまま、敷いた毛布に寝転がっている。

「吾は少し寝る」

シャワーを浴びろと言ったのに、羅刹は眠気に勝てなかったようで、大の字になって寝始めた。その寝顔を見つめ、櫂は下着とズボンを穿いた。腰に力を入れ続けていないと、中から羅刹が出したものが垂れてくる。櫂も激しい運動をしたので眠りにつきたかったが、その前に身体を綺麗にしたい。

蔵から出ると、すでに夕暮れ時で空が真っ赤に燃えていた。昼過ぎぐらいから羅刹と抱き合っていたので、もうすぐ夕食の時間だ。玄関の引き戸をそっと開けて、足音を忍ばせながら浴室に向かった。

幸い、雪の姿は見当たらない。勘のいい雪には櫂と羅刹の関係はばれているだろうが、なるべくなら知らぬ存ぜぬで押し通したかった。

浴室に入り、着ていた衣服を脱いで洗濯機に放り込んだ。下着はかなり汚れていたので、洗面台で軽く水洗いした。

(う……っ、また垂れてきた)

太ももに、つーっとこぼれてくる液体に、櫂は腰を震わせる。早く風呂場で掻き出したい、と思った瞬間、いきなりがらりと浴室の扉が開いた。

「どわっ！」

びっくりして大声を上げると、扉の前に草太が立っている。草太は大きな目を見開いて、全裸の櫂に近づく。

「な、何だ⁉　勝手に入ってくるな！　俺は今からシャワーを……」

洗っている途中の下着を洗濯機に突っ込み、櫂は手近にあったバスタオルで身体を隠した。櫂の身体にはいくつも赤い鬱血した痕が残っている。櫂はもともと色白で、痕が残りやすいのだ。羅刹に身体中舐められて吸われたので、ひどい状態になっている。

「……」

草太は無言で櫂に近づくと、犬みたいにくんくんと櫂の首筋や肩の匂いを嗅いできた。

「先生、あいつの匂いでいっぱいだ。何してたの？　すげぇ臭い」

うろんな眼差しで草太に見据えられ、櫂は冷や汗を掻いた。鬼臭いということだろうか。自分ではどんな匂いがついたのかよく分からなくて、少々焦った。

「子どもには関係……」

ない、と言いかけて図体のでかい草太と目が合い、言葉を濁した。草太はまだ生まれてから三年くらいしか経っていない。人間なら間違いなく幼児だ。だが鬼の成長の速さで、目の前にはどう見ても大人の男が立っている。草太を子どもとして扱うべきか、大人として扱うべきか迷って、櫂は髪をぐしゃぐしゃと乱した。

「ともかく、お前には関係ないから！」

これ以上草太と話していると面倒なことになりそうで、櫂は大声を上げて浴室に逃げ込んだ。念のため鍵をかけておき、うっかり入ってこないようにとしておいた。

シャワーヘッドをとり、湯を頭から浴びる。身体中についた羅刹の精液と自分の精液を洗い流し、奥に残っていたものも掻き出す。湯気の立った浴室から脱衣所への扉を見ると、草太の影がまだ残っている。早く出て行ってくれないかと念じてみたが、櫂が身体を洗い終わるまで脱衣所に草太は残っていた。

(何なんだ、あいつ？　まさか俺のこと、襲わないだろうな？)

出て行かない草太に不審を抱いていると、急に扉がノックされた。

「な、何だ？」

シャワーを止めて恐る恐る聞くと、草太が「先生」と情けない声を出す。

「ちんちんが痛い」

扉越しに草太の声がして、櫂はぶっと噴き出した。

(何言ってんだ、こいつ？　どういう魂胆だ？　俺を馬鹿にして？　いや、草太にそんな頭脳はないはず……)

困惑しつつ、櫂は仕方なく扉を薄く開けた。草太は洗濯機の傍に突っ立ったまま、股を押さえている。

「先生、俺のちんこが変だ」

草太は青ざめた表情で股間を押さえている。櫂は不気味に思いながらバスタオルをとって、身体を覆った。

「変って、何が」

いぶかしがりながら聞くと、草太が手を外す。櫂はぎょっとして身を引いた。草太のズボンが盛り上がっていて、布越しにも勃起しているのがさらけ出された。

「先生のくっさい匂い嗅いでから、腰が熱くなった」

草太はまるで櫂のせいだと言わんばかりだ。羅刹の精液に、鬼にだけ伝わる変な作用でもあったのだろうか？

「そんなのは雪さんにでも……」

聞け、と言いかけて、櫂は言葉を詰まらせた。雪のようにおしとやかな女性に草太の性事情を解消できるだろうか？　同じ男として自分が指導するべきか。

「うー、お前……自慰の経験は……ない、よな」

櫂は脱衣所に置いていた下着をとり、草太に後ろを向かせて着替え始めた。脱衣所には替えの作務衣(さむえ)を置いてある。紺色の作務衣に着替え、濡れた髪をタオルで拭(ふ)く。

「自慰……？」

まだ三年しか生きてない草太にその手の知識はない。怪訝そうに聞き返され、櫂は小声で「オナニーだよ。小学生でもませた友達なら、話している奴いるだろ」と言った。

「先生と羅刹がくっついて何かやってるのは知ってる」

さらりと草太に言われ、櫂は赤面してタオルで顔を隠した。

「たまに先生の変な声が聞こえてくるし。あれ聞くと、妙にもぞもぞするんだよなー」

草太にばれないようにやっていたつもりだが、同じ屋敷内にいるので、筒抜けだったようだ。

「分かった、もういい。じゃあ裸になって風呂に入れ」

櫂は額を押さえながら、草太に命じた。草太は素直に服を脱ぎ、櫂の前で全裸になる。急に一人前の鬼になったくせに、しっかり性器も成長している。つい草太の一物を確認してしまい、少しホッとした。毛も薄く、皮は剝けてないし、色も綺麗なピンク色だ。

「どうすればいいの？　てか、すっげカチカチじゃん。俺、病気？　玉も張ってる」

指示するままに風呂場に立った草太は、自分の性器に触れ、戸惑っている。

「手で擦れば射精するから。がんばって」

浴室の扉を閉め、摺りガラス越しに声をかける。えーっ、と草太の甲高い声がする。

「先生、やってよ！」

「やれねーよ！」

草太の声に思わず被せ気味で大声を上げてしまった。草太は中身はまだ子どもなので、常識が追いついていない。その辺の性事情についてどこまで話すべきかと悩んだ。

「あのな、草太。そこは自分、もしくは好きな奴にしか触らせないもんなんだ。大体俺が手ほどきしたら、お前、羅刹に殺されるから」

　櫂は真面目な口調で語りかけた。男漁りをしていた黒歴史がある身で草太に言うのは心苦しかったが、草太には人間としての倫理観を持ってほしかった。草太は半分鬼だから、どんな相手でも力ずくで抱くことができる。そうなってほしくなくて、これから勃起したら自分でコントロールしろと懇々と言い含める。

「うー……、変な感じ、……おしっこ出そう」

　草太が中でうろうろしながら呟く。それはおしっこじゃないと説明し、草太が射精するまで脱衣所で待っていた。ちゃんとできているのだろうかと覗きたい衝動に駆られたが、変な雰囲気になっても困るので、脱衣所でひたすら待つ。中で何をしていたか知らないが、三十分くらいして射精したらしく、変な声が聞こえてきた。まだか、まだかとイライラしてきた頃だったので、安堵した。

「何これ、くっせぇ！　どろどろしてるぅ」

　シャワーの音と共に草太の声が反響する。初めて自慰をした時、自分はどうだったっけと櫂は記憶を辿った。射精の気持ちよさと自分への嫌悪感で複雑だったと思い出した。

「いいか、草太。それは精液と言って、それを女性の身体の中に出すと、子どもができるものだ。一人でやっている分にはいいが、いつか誰かとセックスする時は、ちゃんと避妊するんだぞ。ちなみに避妊のやり方はな……」

ガラス越しに避妊について聞かせ、櫂はふうと一息ついた。草太は身体を洗っているようだ。無事大人の階段を上ったのを喜び、櫂はそっと浴室を出た。とたんに目の前に人影が現れる。

「ひっ！」

頬を紅潮させた雪が立っていて、櫂は飛び上がって後退した。今までの会話を全部聞かれていたのだろうか？

「ありがとうございます、櫂様。すみません、助かります」

雪に深々と頭を下げられ、櫂は目元を赤くして、咳払いした。

「し、失礼します」

ひっくり返った声を上げ、櫂はそそくさと廊下を進む。うっかり変な行為をしなくてよかった。

「櫂様、夕食の支度ができていますので」

櫂の背中に雪の明るい声がかかる。はい、と小さな声で答え、櫂は浴室から離れた。


夕食は素麺と巻き寿司がテーブルに並んでいた。素麺にはいくつもの薬味が作られていて、櫂の食の好みにぴったり合った。巻き寿司は干ぴょうや卵、キュウリやツナが入っていて美味しい。こんな具材があったのかと感心した。伊織がいないと櫂には台所に何があるか、さっぱり分からない。食べている途中で草太が風呂から上がり、巻き寿司を次々と口に頬張っていく。

櫂が食べ終わった頃に羅刹があくびをしながら居間に現れた。いつの間にか鬼の姿に戻っていて、上半身がはだけた状態の和装姿だ。そのまま向かいに座ると思いきや、櫂の背中に抱き着くような形で腰を下ろす。

「な、何だ⁉」

雪と草太の見ている前で櫂にべったりとくっついてきたので、つい赤面して肘鉄を食らわしてしまった。羅刹はまだ風呂にも入っておらず、全身に淫靡な匂いをまとわりつかせている。

「何だとは何だ？」

羅刹はムッとした表情で櫂の肩に長い腕をかけ、断りもなく櫂の頬にぶちゅーっと吸いついてきた。雪がびっくり眼で羅刹と櫂を見つめ、草太は食べかけの素麺をだらだらこぼす。

「ははは！　どうした、羅刹！　寝ぼけているんじゃないか⁉」

耳まで赤くなりながら羅刹の頭を叩き、櫂は羅刹の腕を強引に引っ張り上げた。

「痛いではないか、何をする？　先ほどまで吾の腕で甘えてきたくせに……」

不満げな羅刹の頭をもう一度叩いて、ぶつぶつ文句を言う羅刹を浴室まで引きずった。

「馬鹿か、お前は！　人前でそういうことをするなと言ってるだろう！」

真っ赤になって文句を言いながら、羅刹を浴室に押し込める。抱き合うまでずっとべたべたしてこなかったのもあって、久しぶりにくっつかれると異様にドキドキする。初心な乙女じゃあるまいしと自分に突っ込みを入れ、櫂はシャワーの湯を出した。

「ちゅーとか、駄目だぞ、ちゅーとか……。あれは二人きりの時だけだ！」

一刻も早く情事の痕を消すべく、頭から湯を吹きかけた。よく見ると、羅刹の背中には引っ掻いた傷痕が無数に残っている。自分が行為に没頭して残した痕だと青ざめた。

「前からあんなふうにくっついていたではないか。どうして今日は駄目なのだ？」

不満げに羅刹に言われ、そんなことないと反論しようとしたが、確かに羅刹は自宅ではよくひっついていた。目の届くところにいないと駄目だと言われたこともある。

「それはその……雪さんの前だし」

櫂はもごもごと口の中で呟いた。草太や式神の伊織の前なら問題はないのだが、やはり雪の前ではいちゃつきたくない。

「あの女の前では駄目なのか？　何故だ？」

濡れた赤い髪をかき上げて、羅刹が目を細める。櫂は口をぱくぱくとさせて、羅刹の後ろに回りシャワーの湯をかけた。

「人間だから……」

ぼそりと櫂が言うと、羅刹が目を丸くして振り返ってきた。我ながら恥ずかしい理由だと赤くなり、櫂は湯の出っ放しのシャワーノズルを羅刹に押しつけた。

「そもそも、俺は人前で男といちゃいちゃできるほどメンタルが強くないんだ。ずっと日陰で生きてきたんだ。草太は鬼だからどうでもいいが、人間である雪さんの前でキスとかやめてくれ。とりあえず全身綺麗にしないと夕食は抜きだからな。まずはその汚れと匂いを洗い流せ！」

浴室の扉を閉めて、摺りガラス越しに羅刹にまくしたてた。羅刹の返事はなかったが、摺りガラス越しに髪を洗っている姿が映る。

（ああ、俺の人間としての機微など、鬼にどうやって伝えればいいんだ。大体羅刹も最近べたべたしてなかったくせに、久しぶりに寝たとたん距離を縮めやがって……照れるだろ！）

うなじをがりがりと掻き、櫂は浴室から離れた。居間に戻ると、雪が気遣うように口元に手を当てる。

「あの、櫂様。私のことなら気にしないで下さいね。羅刹様とのことなら、何となく分かっておりましたので」

雪に小声でフォローされ、余計に居たたまれない。勘のいい雪はやはり櫂たちの関係に気づいていた。

「す、すみません……」

櫂が顔を覆って謝ると、雪は冷えた麦茶を運んでくる。草太はまだ素麺を食べていて、雪は追加の素麺を茹(ゆ)でている。草太は「これ、いくらでも喰える」と素麺をすすりながら恐ろしい発言をしている。

「それで、今後についてはどうするつもりですか？」

話題を変えようと、櫂は麦茶を一口飲んで、雪に尋ねた。雪は追加の素麵をざるにいっぱい並べてテーブルに置く。そして草太の斜め向かいに座ると、困ったように首をかしげた。

「新学期になったら、草太と一緒に学校へ行って転校するという話をしてこようと思います。仕事の都合で海外にでも行くと言えば、詮索（せんさく）はされないかと……。幸い、私の兄がハワイで仕事をしていますので、それっぽい嘘がつけると思います。ですが問題は草太が……、ここから離れたくないみたいで」

雪にちらりと見られ、草太が素麵を飲み込んでやっと箸を置く。

「俺、まだ先生、倒してねーし」

何故か胸を張って草太が言い切る。

「他に行くとこねーし、かーちゃんに迷惑かけたくないから、まだいる」

「おい、俺に迷惑はかけていいのか？」

思わず突っ込みたくなる発言をされ、櫂は仏頂面になった。

「草太、お世話になった櫂様を倒すなんて、駄目ですよ。櫂様、鬼が人間社会で生きていくにはどうすればいいんでしょう？　草太には戸籍はありますが、戸籍上は三歳ですし……。働くにも、履歴書がいらない場所でしか働けませんよね……。私の仕事である華道の仕事をするのは無理でしょうし」

雪はほとほと困り果てたという様子だ。花を活けている草太を想像して、噴き出しそうになったが、雪の言う通り、草太ができる仕事は限られている。

「俺も羅刹みたいに、先生のボディガードすればいいじゃん！　妖怪とかやっつけりゃいいんだろ？　俺、大きくなって、力すっげー強くなったぜ？　ま、羅刹には負けちゃったけど……」

吉野山で羅刹に勝てなかったのが悔しかったのか、草太は手のひらで拳を受け止めて、闘志を燃やす。

「たわけが。お前のような下っ端が、吾と同列になるな」

草太の声が聞こえたのか、シャワーを浴びてきた羅刹が、居間に入ってきて吐き捨てた。羅刹は紺の作務衣を着ていたのだが、髪からぼたぼた雫が垂れていて、ちゃんと拭かずに出てきたのが見て取れる。雪が濡れた廊下を拭きに走って、櫂はタオルを取り出して羅刹の髪を乱暴に拭いた。角があって、髪を拭きづらい。羅刹は櫂の隣に腰を下ろし、巻き寿司をひょいと口に放り込んでいる。

「俺は羅刹に聞いてない。先生に聞いているんだ。別にボディガードなんて何人いてもいいだろ？　俺、先生の傍にいたいなぁ」

草太は羅刹にべーっと舌を出して、櫂に向かって甘えるような口調になった。雪は居間に戻ってきて、羅刹のために素麺つゆが入った猪口を置く。羅刹は素麺を食べるなり「何だ、このちっとも満たされぬ飯は」と文句を言っている。すごい勢いで素麺を食べていくので、雪がさらに追加の素麺を茹でに走った。

「あのなぁ……」

櫂は言いよどんで、真剣な目で自分を見る草太を見返した。どう言えばいいのだろう？　雪が追加の素麺を運んできたところで、この二人には自分の事情を話すべきかもしれないと思い、居住まいを正した。

「二人に言っておく話がある。実は俺の寿命は残り三カ月あるかどうかだ」

あまり重くならないように、櫂はさらりと述べた。雪も草太もぽかんとした様子で、しばらく無言になった。羅刹は気にしたそぶりもなく、素麺を啜っている。

「あの……それはどういう……？　櫂様には重い病気が……？」

雪は櫂が冗談を言っているわけではないと気づき、探るような眼差しになった。草太はびっくりした顔で、櫂と雪を交互に見る。

「いや、至って健康です。十月までしか草太を預かれないと前々から言っていたのは、このせいです」

櫂は作務衣の襟元をはだけて、肩から心臓めがけて伸びる黒い痣を見せた。雪はぎょっとして身を引き、草太は逆に身を乗り出す。

「六年前に大蛇の魔物につけられた呪いです。ずっとそれを解くべくがんばってきたのですが、先日大蛇の魔物を倒してしまいましてね……」

自嘲気味に櫂は口元を弛めた。

「てっきり呪いが解けると思ったら、解けなかったんです。そんなわけで、今の状態だと、雪さんたちの今後には俺は関われないので、ボディガードと言われても困るというか」

作務衣の襟元を直して、櫂は淡々と語った。雪が何か言おうとして口を開いた瞬間、それを遮るように草太がテーブルを激しく叩いた。テーブルが真っ二つに割れて、食べている途中だった羅刹の前から夕食が消える。

「そんなの駄目だ！　先生が死ぬなんて許さない！」

草太が激高したように叫んだ。しまっていた角が飛び出し、櫂の胸倉を摑む。激しい憤りに雪が息を吞み、食事を中断された羅刹が目を吊り上げて、櫂の胸倉を摑む草太の首を摑む。

「貴様、吾の食事を邪魔するな！」

羅刹に怒鳴られ、草太が櫂の衣服から手を離した。草太は首を絞められて、苦しそうに羅刹の腹を蹴って引き離す。

「飯なんか喰ってる場合かよ！　羅刹は知ってたのか！　先生がもうすぐ死ぬって！」

草太の大声が居間に響き、櫂は仁王立ちになる鬼二人を見上げた。まさか自分の寿命を明かしたくらいで、草太がこれほど動揺するとは思わなかった。一人前の鬼になったばかりで、感

情のコントロールが出来ないのかもしれない。自分の寿命を聞いた時の羅刹は平然としていて
むしろ早く死んでくれという感じだったので、草太も似たような態度だろうと思っていたのだ。

（え、もしかして俺が死ぬの、ショックなの？）

草太とは一年以上暮らしていたが、そこまで慕われていたとは知らなかった。

「とっくに知っておるわ。ガタガタするな、ガキが」

羅刹は蔑むような目つきで草太を見下ろす。草太はカッとしたように拳を握ったが、雪が間に割って入ったので拳を弛めた。

「草太、落ち着きなさい。櫂様、事情は分かりました。櫂様がそんな重責を担っていたとは知らず、申し訳ありません」

雪が落ち着いた声音で草太を諌める。草太は唇をぎゅっと噛んで、その場にどかりとあぐらをかいた。

「何か、方法ないのかよ！　呪いを解くさぁ！」

草太が駄々っ子みたいに畳をばんばん叩く。雪は壊れたテーブルからこぼれた夕食を拾い集める。羅刹は畳に落ちても気にならないのか、雪の手から巻き寿司を奪い、むしゃむしゃ食べている。

「それを今、必死に探しているところだ。お前の捜索も終わったしな……」

ふだんなら壊したテーブルについて草太に文句を言うところだが、今日は何故か叱る気にな

れなかった。草太が自分の寿命を知り、動揺して起こした行動だ。怒るどころか、少し嬉しいのは何故だろう。

「草太の捜索で、時間をとってしまったのですね。櫂様、どうか私と草太にも、その手助けをさせてもらえませんか？」

床を綺麗にしてから、雪が正座して改めて言った。草太も慌ててその隣に座って、頭を下げる。

「俺もやる！　先生を倒すのは俺なのに、その前に死なれたら困る！」

母子の熱い眼差しを受けて、櫂は妙に尻の辺りがもぞもぞして咳払いした。こんな熱い意見をもらうとは想像していなかった。このこっぱずかしい気分は何だろう。

「ありがとうございます……。しかし、今のところ、打つ手がなくて……」

櫂がそう言うと、草太がしょんぼりした表情になった。中身はまだ子どもだ。壊れたテーブルを壁に押しやり、新しいテーブルをどうしようかと頭を悩ませる。蔵の中にちゃぶ台が残っていたから、それを使うか。

「櫂様、その呪いに関して、一からお話しいただけませんか？」

雪がトレイに冷えた麦茶を持ってきて、凛とした声で切り出す。この呪いに関してはあまり人には話していない。雪に話すことで少しは活路が見出せるかもと、櫂は口を開いた。

櫂の一族は八百比丘尼の子孫と思われていて、満月のたびに百鬼夜行が押し寄せてくること。

六年前に友人の伊織に大蛇の魔物が憑いて、襲われたこと。六年もの間、伊織には意識がなかったこと。その伊織が先日意識を取り戻したと思ったら、六年前の大蛇の魔物が身体を乗っ取っていて、それを退治したこと。

めったに他人には明かさない話だが、雪と草太には隠す必要がないと思い、すべて語った。こうして話せたのは、雪が自分の秘密を櫂に明かしてくれたからかもしれない。鬼との出会いや草太が生まれるまでの話は、一般人には聞かせられない話だ。それでも櫂に話してくれたのは、陰陽師ということもあるが、信頼の証に他ならない。

「櫂様には何か陰があると思いましたが、そのように大変な過去を背負われていたとは……。でも妙ですね。他の陰陽師も、その大蛇の魔物を倒せば呪いは解けると言ったのでしょう？それなのに、呪いが解けないなんて……」

雪は一通り聞き終わって、息を震わせた。雪の疑問はもっともだ。櫂だって、あの大蛇の魔物を倒した時に、呪いが解けると期待した。

「もしかして……、その大蛇の魔物だけではない、のでは」

雪が眉を顰めて、押し殺した声を上げた。羅刹の目がきらりと光り、草太がきょろきょろと視線を動かす。櫂は思わず無言になって、顔を強張らせた。

「女、どういう意味だ」

羅刹が興味深げに身を乗り出す。櫂は雪の推測を聞きたくなくて、額を手で覆った。それについては考えたくなくて、逃避していた。雪は櫂の顔色を窺い、言いづらそうに口を開いた。

「呪いをかけた物の怪はその大蛇だけではなかったのではないでしょうか。つまり、伊織さんも含めて……」

伊織の名前が出てきて、櫂は腕組みをしてうつむいた。

呪いが解けなかった後、櫂は思考した。あらゆる考えを思い浮かべ、もっともありえる結論はすぐに出てきた。つまり、櫂の呪いはあの大蛇の魔物と伊織を倒さねば、解けない――。だがそんな考えは持っていたくなかった。だからすぐに頭の隅に追いやり、考えないようにしていたのだ。

「伊織は人間です。倒すとか……ない」

櫂は苦渋の表情で呟いた。羅刹の目が吊り上がり、櫂の胸倉をいきなり持ち上げる。

「だからお前は伊織を探そうとしなかったのか⁉　うだうだしているように見えたのは気のせいではなかったのか！」

羅刹にいきり立ったように叫ばれ、櫂はその腕を押し返した。羅刹の力のほうが強くて、後ろにひっくり返りそうになる。雪が焦った様子で腰を浮かし、草太が代わりに羅刹と櫂の間に割って入ってきた。

「ごめんなさい、私の勘違いかもしれません。伊織さんは人間ですものね、倒すって言われても……人を殺すような真似はできませんし」

雪がとりなすように言い、櫂は襟に絡みついた羅刹の指を無理やりこじ開けた。羅刹は気に喰わないと言わんばかりに櫂を睨んでいる。伊織は櫂の友人だが、少年だった頃、懸想した相手でもある。羅刹は伊織の存在に嫉妬していたから、櫂が捜そうとしないので安心していた節もあったようだ。その裏にそういう理由が隠されていたと、今気づいたのだ。

「子鬼の件は片づいたのだ。そういう理由なら、全力で伊織とやらを捜さねばならない。そして、吾があの男を殺そう。それで呪いが解けるかもしれぬなら」

羅刹は今にも家を飛び出そうとしながら、不穏な発言をした。とっさに櫂は羅刹の衣服を摑み、首を横に振る。

「駄目だ、絶対許さない。お前は人を殺すな！　殺さず、喰わず、だ！」

櫂が羅刹の腕にしがみつき、まくしたてるように言うと、苛立った表情で羅刹に見据えられた。

「そんな約束はしておらぬ！」

「じゃあ俺が……」

草太がそわそわしながら手を上げ、櫂は「お前も駄目だ！」と怒鳴った。

「あの……、殺す、殺さないは置いておいて、消えたご友人はやはり捜したほうがいいですよね。私も手伝います。捜索願は出したのですか？」

雪が緊迫した空気を和らげるためか、優しい声音で言った。櫂は摑んでいた羅刹の衣服を離し、咳払いした。屋敷には結界が張ってあるので、羅刹は櫂の了解がないと屋敷を出て行けない。それは分かっていても、つい身体が動いてしまった。

「捜索願か……。妖怪がらみかと思って出してないんですよ。出すべきですよね」

身内でもない櫂が出していいものか分からなかったが、雪の言う通り、打てる手は打つべきだと反省した。

那都巳が言っていた、八百比丘尼が伊織を連れ去ったのではないかという話はここでは口にできなかった。羅刹が暴れ出したら困るし、櫂としてはこれだけはあってほしくない展開だったからだ。

「そうですね、ちょうど明日、知り合いの陰陽師が来るので、伊織の捜索について話してみようと思います」

伊織の式神と那都巳の式神が消えた件について、那都巳は何か分かるだろうか？

行動を起こすにはすでに遅い時間だった。羅刹が不機嫌になって寝てしまったので、櫂は雪や草太と共に庭に出て、最近すっかり放置されている家庭菜園の手入れに励んだ。きゅうりが育ちすぎてぐねぐねに曲がっている。トマトやナスといった野菜を摘んで、ざるに上げていく。連日の暑さで、枯れている植物もあった。あと数日で八月が終わる。こうしていると、あと少しで自分の寿命が尽きるなんて、冗談みたいだ。

（俺はどうなるんだろうな）

縁側で手伝いもせずに寝転がっている羅刹を見やり、櫂は畑に水を撒いていった。

翌日、十時過ぎに那都巳はエンジンの音を響かせて屋敷に現れた。

相変わらず高級車を乗り回し、車から降りた時には二体の式神を連れている。今日は髪に花の飾りをつけた白装束の女性と、頑丈そうな首輪をつけ、右足に枷と錘を引きずった浅黒い肌の鬼だった。鬼のほうはいかつい顔つきで、玄関の前に出てきた羅刹と草太を見るなり、聞くに堪えないしわがれ声で叫び出す。

「……悪趣味な」

羅刹が眉を顰め、どこか怒ったような表情で鬼を見据える。羅刹は鬼の首輪や枷が気に入らないようだ。草太は羅刹以外の鬼を初めて見たらしく、たじろいでいる。

「うるさい」

那都巳が一言発すると、とたんに鬼は静かになり、身を低くして那都巳の後ろに下がる。いつもの式神とは違う。おそらくこの式神は、自分で作り上げた式神ではなく、どこかで捕まえた鬼を式神にしたものだろう。

「今、調整中なんで、失礼。そっちが捜していた鬼？　ずいぶん小さいね」

那都巳は草太を見るなり、珍しげに顎を撫でた。草太は那都巳と目が合うなり、大きく身震いして、拳を握って身構えた。一人前の鬼になり立ての草太でも、那都巳の力量が分かったに違いない。ひどく警戒している。

「こいつ、なんかこえーな……っ」

草太はびくびくしながら、那都巳を睨んでいる。

「こいつはまだ人も喰ってないし、殺めてもいない。黙認してくれ。何かあった時には俺が責任を取るから」

玄関前に草太を伴ったのは、万が一にも中でドンパチにならないためだ。雪はテレビで那都巳を見たことがあるらしく、興味深そうにしながらも、草太の前に立った。

「紹介する。こちらは雪さん。草太の母親だ」

櫂が雪を振り返りつつ紹介すると、那都巳がにこりとして一礼した。

「はじめまして。鬼の子を宿すとはなかなか剛毅な方のようだ。ぜひお近づきになりたい」

那都巳は爽やかな笑顔で足を進め、雪の手を握っている。草太がそれを払いのける前に那都巳は身体をかわし、暑そうに顔に日陰を作る。

「問題なければ、中へ……」

全員の態度が落ち着いているのを確認し、櫂は屋敷の中へ那都巳を誘おうとした。けれど那都巳はすっと手を上げ、顎をしゃくる。

「先に、その友人とやらが消えた場所、君が例の魔物とヤりあった場所へ連れて行ってくれ。何か痕跡(こんせき)が残っているはずだから」

那都巳は無駄な時間を嫌い、現場を視たがった。那都巳曰(いわ)く、糴に預けていた式神が消えたのはここではないそうだ。

「分かった。じゃあ、羅刹、草太。人間の姿になってくれ」

羅刹も草太も角が出た状態だ。糴の屋敷は山の中腹にあって、人気はほとんどない。近くの民家まで車で三十分くらい走らないと辿り着けないので、敷地内にいる時は二人に鬼の姿を許している。

「別に、霊体化すれば……え、できない？」

那都巳が羅刹をまじまじと見て、驚愕(きょうがく)したそぶりを見せる。草太は半妖ゆえ、霊体化できず、羅刹は少し前から霊体化できなくなった。

「理由は知らぬ。こいつを助けるために山を走っていたら、できなくなった」

人間の姿に化けて、羅刹が面倒そうに言う。基本的に鬼や妖怪は、霊感のある者しか視えない存在だ。人間の姿に変化していれば視えるが、ふだんは人の目には映らない。悪寒がしたり、嫌な気配を感じたりする敏感な人は結構いるものの、鬼を目にする人はごく稀(まれ)だ。羅刹も以前は霊体化して移動することができたのだが、瀕死(ひんし)状態の糴を病院に運んだ時から霊体化ができなくなった。

「興味深い。鬼君は受肉したのかな……」

那都巳が小声で言い、何とはなしに櫂はぞくりとした。

慣れない動きで草太が人間の姿になり、櫂たちは揃って屋敷を出た。車が一台通れるくらいの道をしばらく行くと、分かれ道に出る。車が通れない細い道をずっと行くと、かつて羅刹を封印していた祠につく。櫂たちは車が通れる砂利道を進んだ。

五分ほどすると道幅が広がり、なだらかな斜面に出る。櫂が説明する前に那都巳はここが現場だと察した様子で、崖際に生えている大木に近づいた。

「俺の式神の置き手紙がある。最低限の仕事はしたようだ。もっと早くに来ればよかったな。こんな田舎でなけりゃすぐ駆けつけるんだが……」

那都巳はぶつぶつ言いながら大木に手を当てる。田舎で悪かったなと毒づき、櫂は那都巳の動きを注視した。置き手紙と言ったが、むろん本当に置き手紙があるわけではない。散る間際に、那都巳に当てて式神が痕跡を残したのだろう。それを読み解くように、那都巳は目を閉じてしばらく石像のごとく固まっていた。

「今なら、こいつを喰えるのではないか？」

背後にいた羅刹が舌なめずりして囁く。とたんに那都巳の式神がじろりと睨んできて、櫂は冷や汗を掻いた。

「静かに」

　櫂は那都巳が大木に残った記憶を読み解くのを待った。ここにはあれから何度か来たが、櫂には何も読み取れなかった。那都巳にだけ分かるメッセージだったのか、あるいは力量の差か。前者であってほしいと櫂は願った。

「信じられない」

　大木から手を離した那都巳は、上擦った声を上げた。何が判明したのだと、櫂たちが身を乗り出す。

「式神が目撃した情景が残されていた。やはり俺の思った通り、君の友人は——」

　紅潮した頬で振り返った那都巳は、櫂と目が合った瞬間、何故か口をつぐんでしまった。那都巳の何もかもを見通す瞳が、食い入るように櫂を視る。どこか焦点が合わないと感じた時、櫂はハッとして那都巳の胸を手で押した。那都巳が瞬きをする。

「お前、今、俺の何を視た⁉」

　櫂は反射的に那都巳の胸倉を摑み、叫んだ。同じ陰陽師だから分かる。今、那都巳は千里眼を用いて櫂の未来を視た。

「悪い。情報が流れ込んできた」

　那都巳は眉根を指で押さえ、視線を遮断した。わざとではないようだが、櫂には視えなかった未来が視えたのではないかと気が気ではなかった。

「俺の生死に関わる話なら、教えてくれ。俺はどうすれば助かる？」

いつも依頼者が自分にすがるように、櫂は情けない声音で那都巳を窺った。

「いくつかの未来が視えた。祭りの日が鍵のようだな。だが、くわしく聞かないほうがいい。聞けば、言葉に縛られる。それより、重要なのはこっちだ。やはり俺の思った通り、八百比丘尼が君の友人の伊織を連れて行った」

那都巳の発言に、羅刹が毛を逆立てて鬼の姿に戻った。変化が解けるくらい、怒りに支配されたのだろう。櫂は今にも飛び出しかねない羅刹の腕を捕らえた。

「冷静になれ、羅刹！」

櫂の鋭い声に羅刹がハッとして、舌打ちした。羅刹は不満げに荒々しい息を吐く。

「何故、伊織を？　俺に対する嫌がらせか？」

櫂は羅刹が理性を取り戻したのを確認し、那都巳に問うた。

「理由は分からないが、無理やりではないよ。先ほど視えた未来で共通しているのは、八百比丘尼と伊織が君に会いに来る光景だ。理由は視えてこないが、君の傍で待っていれば、向こうから出向いてくれるらしい」

櫂は慄然(りつぜん)として、つい羅刹を振り返った。

八百比丘尼と伊織が、櫂を訪ねてくる——本当だとしたら、恐ろしい話だ。八百比丘尼は何故伊織に目をつけたのだろう。それはどういう意味を持つ？　伊織は、何故八百比丘尼についていったのか。もしかしたら伊織は大蛇の魔物が離れて、身動きが取れない状況になったのかもしれない。そこへ優しそうな尼が現れ、手を差し伸べてきたと勘違いしたなら……。

「やはり、八百比丘尼に会うには君と行動を共にするのがいいようだね。しばらく俺もここに居つこうかな。部屋はたくさんあると言っていたよね？」

那都巳が打って変わって明るい声で、にこやかに笑みを振りまく。羅刹は八百比丘尼がやってくると聞き、目をらんらんとさせる。

「よく分からぬが、あの比丘尼が来るのだな？　今度こそ、弱点を見つける」

羅刹はいきり立ったように拳を握り、物騒な気配を滲(にじ)ませた。

「はぁ？　うちに居候する気か？　部屋は空いているが……、ろくなことにならないから嫌だ」

鬼である羅刹と草太が、陰陽師である那都巳と仲良く過ごすのは不可能ではないか。櫂がそう思った通り、那都巳が居候すると言うと、草太はいかにも嫌そうに身震いし、羅刹は軽蔑(けいべつ)した眼差しで那都巳を見やる。

「君の屋敷は気の巡りのいい場所にある。俺の部屋はクーラーがある部屋にしてくれ。この暑さでクーラーがなかったら死んじゃうからね」

那都巳はいいとも言っていないうちから、勝手に屋敷へ向かって歩き出している。

「おい、ぜんぜんすっきりしない！　居候するなら俺が助かるためのアドバイスの一つでも寄こしやがれ！」

式神を伴ってすたすたと歩く那都巳の背中に、櫂は大声をぶつけた。くるりと那都巳が振り返り、じっと櫂を見つめる。

「――君は伊織という友人を殺せば、助かるよ」

あまりにも重大な発言を、那都巳はさらりと述べた。櫂はその場に立ちすくみ、真っ青になった。雪が櫂の背後で息を呑み、羅刹が目を細めて櫂の背中を支える。考えたくなくて頭の隅に追いやったのに、結局答えはそこに行きつくのか。

「これは君の祖父かな？　その人がはっきり断言している。君にかけられた呪いは、すでに倒した物の怪と、その友人を倒すことで完全に解けるって。好きなほうを選べばいい。生きたければ友人を殺し、友人を殺したくなければ死ねばいい。君の祖父も、血が途絶えるのは仕方ないって言ってる。あ、消えちゃった」

那都巳は淡々と恐ろしい事実を告げた。

櫂は鼓動が速まり、その場から動けなくなった。那都巳は一瞬のうちに祖父の霊と交信し、呪いの解き方を語った。自分より力のある陰陽師の言葉には力があった。櫂も、それを疑うことはできなかった。一族を守ろうとしていた祖父が、血筋が絶えるのを仕方ないと言うなんて。櫂がこの先長生きしても、妻も子も持てないと悟ったのだろうか。

だが、片思いしていた友人を殺すなんて、そんな業の深い選択があっていいのか？

どちらかが死ななければならないなんて――。櫂は那都巳の背中が遠ざかるのを、その場に立ったまま見送るしかなかった。

那都巳は宣言通り、しばらく櫂の屋敷に居候することになった。翌日には電気屋を伴って櫂の屋敷を訪れ、奥にある部屋に勝手にクーラーを取りつけた。何が入っているか知らないが、大きなスーツケースも三つ運んできて、空いている部屋でくつろぎ始めている。文句を言おうかと思ったが、札束を渡され、壊れたテーブルの代わりに高そうな一枚板のテーブルを運び込まれては文句も言えなくなった。

少し前からすると信じられないくらい、一気に騒がしくなった。

雪は那都巳の式神と一緒に櫂たちの食事の世話をしてくれている。羅刹と草太がものすごく食べるので、量も半端じゃない。那都巳の使役している鬼は食事はいらないようで、ふだんはどこかに隠れて過ごしている。那都巳が来てから、羅刹は蔵で寝るのをやめて、櫂と同じ部屋で寝るようになった。羅刹は八百比丘尼が現れると聞いてから、神経がぴりついていて、櫂の傍につきっきりになった。夜の間も屋敷の外の気配を窺っている。

「俺とお前の式神を破壊したのも、八百比丘尼なのか？」

那都巳と二人きりになった際、櫂は気になっていた質問をした。吉野に行っていた間に消えていた式神の伊織は、八百比丘尼に倒されたのだろうか？

「そのようだね。霊視したが、八百比丘尼が何をしたかよく視えない。式神を戻す術でも持っているのかもしれないね」

那都巳は気楽にそう答える。八百比丘尼は櫂の屋敷まで来たのだろうか？　物の怪は入れないはずなのに。自分の術が弱いのだろうか？　那都巳といると、力量の差を自覚して落ち込んだ。

「では、行ってまいります」

九月に入り、残暑が厳しい中、雪は子どもに変化した草太と一緒に小学校へ出向いた。草太は転校すると学校側に説明するためだ。暑いのにきっちりと和装姿になった雪は、少し緊張した面持ちだ。車で小学校まで送っていった櫂は、草太の変化が解けませんようにと願いつつ、校門の外で待っていた。一時間後、草太と雪がぐったりした様子で車に戻ってくる。

「ぶはぁ……っ、うー、マジヤバかった」

車の後部席に飛び込んだ草太は、手で赤くなった顔を覆う。

「友達と話している時に、変化が解けかけて、肝を冷やしました」

助手席に乗り込んだ雪が、恐ろしげに息をこぼす。職員への説明は問題なかったのだが、お別れの挨拶をクラスの子としている最中に気が弛んで、あと一歩で騒ぎになるところだったという。

「だってよぉ、皆、俺のこと大好きみたいでさぁ。泣いちゃう子とかいるし、なんか俺までうるっと……。角が出かけて、かーちゃんが大声出さなかったら、ヤバかったぜい」

草太は頭を掻き、笑っている。別れのしんみりした空気が、阿鼻叫喚に変わらなくてよかったと櫂もホッとした。

車を出すと、草太は名残惜しげに小学校を振り返っている。わずか一年弱の学校生活だったが、草太にとってはいい経験ができたようだ。帰りの車の中で草太が大人の姿に戻り、腹が減ったと騒いでいる。

屋敷に戻った櫂は、思わぬ来客に目を丸くした。

「櫂、どうなってんだ、お前のとこは……」

居間には櫂の友人である千寿(せんじゅ)が座っていたのだ。神谷(かみや)千寿は幼い頃から知り合いの坊主だ。ひょろりとした体躯(たいく)に坊主頭、えらが張った一重の怖そうな顔をしているが、気の優しい友人だ。寺の住職の息子で、今日も仕事の合間に寄ってくれたのか、紺の作務衣姿だ。

「いらっしゃい」

櫂は留守番をしていた羅刹が悪さをしていないか確認した後、千寿を笑顔で出迎えた。

最初に会った時、羅刹は千寿を殺そうとした。羅刹にとって千寿は自分を何百年もの間、祠に封印していた高僧の子孫だったからだ。けれどその後、いろいろあって、今は殺さずにいると羅刹は怒りを収めた。櫂がいなくても、こうして同じ部屋で過ごせるほどになったのだ。そして今、千寿の視線は那都巳に注がれている。

「ああ、こいつは……」

居間では那都巳と羅刹が仲良くアイスを食べていた。那都巳の紹介をする前に、千寿から
「知ってるよ！　安倍晴明（あべのせいめい）の子孫だろ！」と突っ込みが入る。坊主のくせに、テレビで那都巳を知っているらしい。

「同じ陰陽師だから、仲良くなったのか？」

興味深げに千寿に聞かれ、櫂は誤解されては困ると首を横に振った。

「いや、決して仲良くなどなってない」

那都巳とは友人関係ではない。うっかり気を許すと、羅刹を調伏するような奴だ。

「つれないなぁ」

那都巳はアイスを咀嚼して笑う。

「ん？」

千寿は櫂の後ろから顔を出した雪と草太に、目を点にする。

「お、おい、お前……その女性……は、ともかく、そっち……」

千寿に指を指され、草太がにかっと笑う。そういえば千寿にはまだ草太が鬼であることを言っていなかった。子どもだった時には何度か会っているはずだが、大人になった草太は初めてだろう。

「やっぱり鬼だったのかよ！」

腐っても坊主、千寿は一目見るなり目の前にいるのが大きくなった草太だと見抜いている。一応人間の姿にしているのだが、滲み出る妖気は隠せない。千寿は前のめりでさらに何か言おうとしたが、雪が前に出て、「草太の母です」とお辞儀したので、言葉を呑み込んだ。着物姿の雪のたおやかな動作に、何も言えなくなったようだ。

「ここは魑魅魍魎の屋敷だな、まったく……」

千寿は頭を抱えて、ぶつぶつ呟いている。雪が全員分の冷えた麦茶を運んできて、改めて千寿に事情を話した。最近世間を騒がしている鬼と草太は別物だったと言うと、千寿は浮かない顔つきになった。草太でなければ、別の鬼がいることになるからだろう。

千寿は余っている供物を持ってきてくれたらしい。寺では檀家からさまざまな供物品が届くので、時々食べきれずに知り合いに分け与えるのだ。酒や米、海産物を受け取った。羅刹が毎晩飲むので、酒はいくらあっても足りないから有り難かった。

「その後、伊織は見つかったか？」

千寿は消えた伊織について案じている。一時とはいえ、自分の寺で預かろうとしていたのもあって、責任を感じているのだ。

「伊織の捜索願を出そうかと思っているんだが……」

櫂がそう切り出すと、千寿が呆れた表情で笑った。

「そんなのとっくに俺が出してるよ。今のところ、何の連絡もない。一度だけ、似た背格好の死体が出た時に連絡が来たけど、別人だった」

千寿は伊織が消えた後、すぐに打てる手は打っていてくれた。常識のある友人がいると助かるものだと櫂は礼を言った。

「――ところで今週、何か祭りがあるんだろ？」

二個目のカップアイスを食べながら、那都巳が横から割って入った。

「あ、そうそう。ポスターを見たのか？　今週夏祭りがある。いつものように櫂に手伝ってほしいと思って来たんだが……」

千寿がその場にいた全員をぐるりと見回し、顔を引き攣らせる。羅刹と草太の目が輝いたのをいち早く見抜いたようだ。

（祭りか……！）

櫂はすっかり忘れていて、額を押さえた。

九月の最初の日曜日に、毎年千寿の寺で夏祭りが行われる。境内に出店が出て、盆踊りも行われる。世話になっているのもあって、櫂も毎年手伝いに加わっている。この地域では一番大きな祭りで、この辺りの人は皆参加するので、仕事も多いのだ。この忙しない気分で参加したくはなかったが、不参加などと言おうものなら、小さい頃から世話になっている住職じきじきに出向いてきて説得されてしまう。

祭りといえば、那都巳が『祭りの日が鍵のようだな』と言っていた。その夏祭りに、伊織と八百比丘尼が現れると言うのだろうか――。

「祭りか。吾も好きだ」

羅刹が身を乗り出して言う。

「俺も行きたい！　美味しいもんがいっぱい食えるんだろ？」

草太も手を上げる。

「鬼も参加するのかよ……親父が何ていうか……」

千寿は羅刹と草太を交互に見やり、背筋を震わせている。夏祭りの夜は現世と幽世の境があいまいになり、人と物の怪が混在している。去年も浴衣を着て踊っている物の怪や、出店の焼きそばを食べている幽霊を見かけた。鬼が祭りの手伝いをするくらい構わないのではないかと櫂は思う。

「悪さしないよう、俺が見張るから。ほら、綺麗どころもいるし、有名人もいるぞ」

櫂が雪と那都巳を指して言うと、千寿が考え込むように腕を組んだ。

「あのぅ、安倍さん。トークショーとか……」

千寿が目を光らせて意気込むと、にこやかな笑顔で「面倒」と那都巳が一蹴する。有名人を招いて客を増やせるかもと目論んだようだが、甘かった。

「でも夏祭りには参加するよ。きっと待ちわびている人も来るだろうから」

那都巳の思わせぶりな一言で、羅刹と草太、雪がハッとした。急に張りつめた空気になった擢たちに、千寿が戸惑った表情になる。

伊織が八百比丘尼と一緒にいると聞いた時から、考え続けていた。自分がすることは、第一に伊織と八百比丘尼を引き離すこと。那都巳は伊織を殺せば呪いは解けると言っていたが、擢にはむろん伊織を殺す道理はない。

六年の間、意識を取り戻すのを待ち続けた友人だ。その友人を殺すなんて、万が一にもあり得なかった。

八百比丘尼の思惑が分からない以上、八百比丘尼と伊織を一緒にさせるのは危険極まりなかった。何に利用されるか知れたものではない。伊織を見つけたらすぐに保護する。きっと伊織は八百比丘尼の正体について知らないに違いない。一見優しげな尼さんに誘われて、ついていってしまったのではないだろうか。

伊織の身体は本調子ではなかったはずだ。

病院にいた間、伊織にはあれこれと昔話や現在の様子について語ったが、ずっと大蛇の魔物に取り憑かれていたから、本当に伊織の耳に届いていたか不明だ。伊織の感覚はまだ六年前の時のままかもしれないのだ。

何としても、伊織を連れ戻す。

日曜の夏祭りの夜に思いを馳(は)せて、擢は固く決意を固めた。

■四章　夏祭り

　祭りの準備は着々と進められていた。櫂は祭りの日が近づくにつれ、少しずつ緊張感を滲ませていた。祭りの日に、八百比丘尼と伊織が現れる。それをどう迎え撃つか、羅刹が暴走しないよう、どうやってコントロールするか。自分に起こる未来が視えなかったので、櫂は内心恐々としていた。

　千寿の寺は重要文化財の不動明王像や毘沙門天像を祀っているのだが、最近では歓喜天が人気で、地方からも人が来るくらいご利益があるらしい。櫂の家がある山の隣の山にある寺なので、かなり田舎にある寺なのだが、檀家も多く、この辺りの人々は皆、祭りを楽しみにしている。

　祭りの日の三日前から境内にはやぐらが組まれ、機材が持ち込まれたり、テントが張られたりする。合計二十三の出店があり、内容が被る店は場所を離して配慮している。千寿も甘酒やかき氷をふるまうので、毎年櫂も売り子として働いているのだ。

「おお、櫂か。祭りの日は頼むな」

祭りの前日に、寺の本堂に上がって千寿と話していると、六十代前半といった背が高く恰幅のいい僧侶が気軽に声をかけてきた。僧侶の名は慈空といって、千寿の父親でこの寺の住職でもある。櫂がぺこりと頭を下げると、慈空は紺色の作務衣姿で、つるりとした頭を撫でて笑う。顔は千寿にそっくりだが、体重は倍くらい違う。千寿は太れない体質とかで、小学校からずっとひょろひょろしている。

「いつも差し入れありがとうございます」

櫂は慈空に微笑みかけた。慈空は櫂の父親とも仲が良く、父が亡くなった時はずいぶん世話になった。その後もずっと気にかけてもらっていた、いわば親代わりの人だ。

「いやいや。ところで何だか外が騒がしいんだが……？　変なのを連れてこなかったろうな？」

慈空は眉間の辺りをとんとんと指で叩きながら、何か言いたげに境内のほうへ目を向ける。櫂はどきりとして、顔に笑みを貼りつけた。

明日の打ち合わせや準備をかねて寺に行くと言うと、羅刹が「一緒に行く」と言いだした。「羅刹が行くなら俺も」と草太が言い出し、「心配だから私も」と雪が手を上げ、那都巳が「じゃあ俺も」とくっついてきた。まさか鬼を伴って寺の中に入るわけにもいかず、彼らは敷地の外に置いてきた。

「そ、そうですか？　いやぁ、気づかなかったなぁ」

櫂がとってつけたような笑顔で言うと、千寿が関わり合いを避けるように腰を浮かした。すかさず千寿の背中を追いかけ、一緒にこの場を去ろうとする。

「櫂。ちょっと待ちなさい」

慈空が呼び止めるのを無視し、櫂は「明日はよろしくお願いします」と言い捨てて千寿と本堂から出て行った。慈空は勤行を欠かさずこなし、仏の加護を得ている身なので、物の怪や妖魔の気配に敏感だ。櫂が羅刹の封印を解いた後、祠から何も感じないといぶかしんでいたという。

「さすがお前の親父さん、物の怪の気配に気づいてるな。塗香でも投げつけられる前に退散するよ」

本堂のほうを窺いながら、櫂は笑った。

「やっぱり祭りにはあの鬼は来させないでくれよ！　親父にばれたら、俺までとばっちりがくるだろ！」

境内の手水場に移動して、千寿が目を吊り上げて言う。千寿は羅刹や草太が祭りに遊びに来ることに不安を抱いている。

「俺に止められるわけないだろ。二人とも、出店の焼きそばに興味津々なんだ」

櫂は柄杓で水をすくい、渇いた咽を潤した。

「子どもか！」

「中身は五歳児なんだ、二人とも」

柄杓を戻して、親指を立てる。櫂も羅刹と草太が暴れないか心配だが、今はそれよりも心配になっていることがある。

「……伊織、本当に来るのか？」

櫂の表情が曇ったのに気づき、千寿が不信感を漂わせて言う。

「っていうか、八百比丘尼が連れて行ったとか、意味分からんのだが。伊織が物の怪に乗っ取られていたってのは、この前聞いたが、それが抜けたのに何でだ？」

千寿は混乱したように眉根を寄せる。

「そもそも本当に八百比丘尼なのか？　人魚の肉を喰ったか、聞いたか？　人魚なんているわけないというのが俺の考えだが」

千寿には一通り説明したのだが、八百比丘尼に関してだけは信用していない。千寿にとっては河童と同じくらい、自分の目で見ないと信じられない存在らしい。鬼を間近に見ても、それ以外は信じたくないようだ。

「あのな、不老不死で、絵から出てきたんだぞ？　あの異様さは、会ってみないと分からないさ。ともかくその尼さんが現れたら、あの安倍家の子孫……那都巳が足止めするっていうから、俺は伊織を尼さんから引き離す。その後、伊織はお前が保護してくれ。俺たちは八百比丘尼と対決しなけりゃならないから、伊織を頼むぞ」

仮に祭りの仕事の最中に二人が現れたとしても、その場を放って伊織を保護しなければならない。櫂の強い意志に千寿が唸り声を上げる。

「いまいち呑み込めないが、ともかく伊織を保護するんだな。まぁ、俺としてもうちで預かるといった手前、気になっていたからそれはいいが……。その尼さん、伊織がふらふらだったから助けたってわけじゃないのか？　だって尼さんなんだろ？」

千寿は八百比丘尼が伊織をさらって行ったというのが、納得しかねるといった態度だ。同じ仏に仕える身として、むしろ伊織を助けたという話のほうが呑み込めるらしい。

「大体さ、話を聞くと、その尼さん、お前を傷つけたわけでもないし、悪さしたわけでもないよな？　それどころか会うなり、あの鬼に殺されかけて大変だったんだろ？　まぁそれで不死の身体と判明したわけだけど。伊織のことだって、六年もの間意識がなかったのを、目覚めさせてくれたんだろ？　お前にとって、いいことばかりじゃないか？　まぁ、伊織には物の怪が憑依して殺されかかったってのはあるけどさ……。行動だけ見ると、俺には悪い人に思えないんだけど」

千寿に首をかしげられて、櫂はもどかしい思いを抱いた。

千寿の言う通り、八百比丘尼は櫂を傷つけたわけでもないし、敵対する発言をしたわけでもない。会った時も櫂の味方だと言っていたくらいだ。けれど櫂には比丘尼と対峙した時の感覚というものがある。比丘尼と会った時の禍々しさを思い出すと、どうしても善人とは思えない。

あれは聖人といった類のものではなかった。強い物の怪と会った時に感じるものだった。

「説明は難しい。魔性っていうか……ともかく、会ったら近づくなよ。お前みたいな素直な奴は、ころっとやられるからな」

櫂の言い方が馬鹿にしたように感じたのか、千寿は櫂の頭をぐしゃぐしゃと乱して、本堂へ戻っていった。櫂は小さく笑い、乱れた髪を直して門に向かう。途中で顔馴染(なじ)みの老人数名と会い、明日の祭りについて会話を交わした。寺の門の前では羅刹と草太が暑さにぐったりしながら、アイスを食べていた。二人を見張っている雪は、日傘を差して青いワンピースを着ている。

「お待たせ。帰ろう」

三人に声をかけ、寺の駐車場へと向かう。熱のこもった車の窓を全開にして、クーラーで冷やした。羅刹が助手席に乗り込み、草太と雪が後部席に座る。

「那都巳は?」

一人足りないことに気づき、後部席を振り返ると、雪がハンカチで額の汗を拭(ぬぐ)い、小首をかしげた。

「何か仕込むとか言ってましたよ。……あ、いらっしゃいました」

雪が道路に目を向けて言う。那都巳は小走りになって車に近づき、後ろに乗り込んだ。男二人に挟まれて、雪は狭そうだ。

「何してたんだ？」

車を発進させながら、櫂はミラーに映る那都巳を確認した。那都巳は暑そうに手のひらで顔を扇いでいる。

「八百比丘尼が現れたらすぐ分かるよう、式神を置いておいた」

那都巳は明日の祭りの日が楽しみでならないらしく、気持ち悪いほど笑顔だ。長年心に棲み続けた比丘尼と会えるので、顔がにやけて止まらないのだろう。

「あれを殺すのは吾だぞ」

羅刹は後部席を振り返りつつ、那都巳をけん制する。

「それは早い者勝ちだろ。大体、君にできるの？　鬼ごときに、倒せる相手じゃないと思うけどなぁ」

那都巳に鼻で笑われ、羅刹が助手席で鬼の姿に戻り、牙を剝き出しにする。シートベルトがはちきれんばかりだ。車内が狭苦しくなり、櫂は顔を引き攣らせて車の速度を上げた。

「羅刹！　誰かに見られたらどうすんだ！　早く戻れ！」

いくらこの辺りが田舎とはいえ、寺の周囲には民家もある。櫂が怒鳴ると、羅刹が舌打ちして人間の姿に戻った。

「陰陽師など、すべて滅びればいい」

羅刹は腹立たしげに言い捨てている。自分も陰陽師なのだが。

「那都巳も羅刹を煽るなよ！　お前、居候のくせに態度がでかい！」

後部席で笑っている那都巳に文句をつけると、はいはいと適当な返事が戻ってくる。

「なぁー、それより誰かお小遣いくれよ。かーちゃん、千円札一枚しかくれないいんだぜ？」

草太は明日の祭りの出店のことしか頭にない。

「それで十分だろ」

砂利道を走らせながら、櫂が呆れる。

「えーっ、値段聞いたら千円じゃぜんぜん買えないよ！　なぁなぁ、畑仕事やるからさぁ」

草太は櫂のシートを揺らしている。強い力でガタガタ揺らされて、気が散って仕方ない。

「じゃあ、裏庭の土、掘り返してくれたら五百円やる」

前からやろうと思いつつ手をつけていなかった裏庭の仕事を上げると、草太が「やるやる」と視えない尻尾を振る。

「半妖君、俺の仕事手伝ってくれたら一万円あげるよ」

横から那都巳が言い、高額な支払いに草太が目を剝く。

「い、一万円……っ！　やるやる、何でもやる！」

草太は那都巳に怯えていたはずだが、万札の前にはすべての事柄が吹っ飛ぶらしく、真ん中に座っている雪越しに手を上げている。

「那都巳様、草太に不要な金銭を与えないで下さい」

母として見過ごせなかったのか、雪が那都巳を睨む。

「おっと、美しい女性に叱られるのは好きだが、そう言われたら半妖君は使えないいな」

那都巳は雪の手を取り、にっこり微笑む。とたんに草太ががっかり半分、母親への過度なスキンシップに腹を立てるの半分で「何だよ、畜生」と那都巳の手を振り払う。

「おい、雪さんを口説くんじゃない。それより草太。友達に会っても、絶対話しかけるなよ？お前の学校の子もよく来るからな」

先ほど境内で祭りの準備をしていた大人の中には、草太の小学校に子どもを通わせている人もいる。当然、草太の友達も祭りにはやってくるだろう。

「あっ、そうか。この格好じゃまずいのか。明日の夜だけ、子どもに化けようかな」

草太はあれこれ考えを巡らせている。大人の姿より子どもの格好のほうが満腹になるのではないかと目論んでいるようだ。何かの拍子に元の姿に戻るかもしれないから、やめておけと言っておいた。

「明日……うまくいくといいですね」

雪が物憂げな表情で呟いた。明るくふるまっているが、櫂も明日に関しては不安要素のほうが大きい。八百比丘尼の目的が分からないのが一番気持ち悪い。櫂の目的は伊織を取り戻すことだ。他は彼らの行動に任せるしかない。

「そうですね……」

明日が来るのが怖くもあり、櫂も憂いを帯びた声を出した。

祭りの日——櫂は紺の作務衣姿で、午前十時から千寿の寺に赴いていた。嫌になるくらいカンカン照りの日で、境内では祭りの準備に大わらわだ。祭りが始まるのは午後一時からだが、すでに客に商品を売っている店もあって、人の姿もちらほらある。

櫂は鍋に用意された甘酒を配る係だ。千寿は業者から運ばれた氷をかき氷機にセットして、用意されたカップに氷を削り出す。金銭の受け取りは千寿の母親が全部やっている。千寿の母親は細身の柔和な顔立ちの中年女性だ。

午後一時になり、慈空から挨拶があり、町内会のお偉方の合図で祭りが始まった。境内にはぞくぞくと家族連れや一般客がやってくる。出店はクレープ店が人気で、列ができている。本堂ではこの機会に写経をしてみようという体験コースがあり、慈空が参加者に写経の心得をレクチャーしている。

「大人気だな」

千寿のかき氷はこの暑さで求める客が多く、フル回転している。櫂が受け持つ甘酒は主に女性客が多く、ほとんど千寿のサポートをしていた。

「かき氷一個！」

新しい氷を運んできた際に、聞き覚えのある子どもの声がして、櫂は顔を引き攣らせた。草太が子どもの姿でお金を握り、お会計をすませている。Tシャツに短パンの格好だ。櫂と目が合うと、にかっと笑い、近くで待っていた子どもたちの輪に加わる。

「いやぁー、明日引っ越すんだよー」

草太は先日別れたばかりの同級生に、嘘八百を並べ立てている。同級生は草太に会えたのが嬉しいのか、わいわいしながら出店を巡っている。木の陰で日傘を差していた雪が申し訳なさそうな顔で手を合わせていた。草太が変な真似をしないよう、雪が見張っているなら気にするのはやめよう。

（何事も起こりませんように！）

いくら祭りとはいえ、鬼に入られては寺の仏たちもたまったものではないだろう。羅刹たちには日が暮れてから来るようにと硬く言い渡しておいたのに、しょっぱなから参加しているとは。この調子だと羅刹も紛れているに違いないと踏み、境内を見回した。

（あの野郎、やっぱ来てるし！）

羅刹と那都巳は出店が並んだ傍の池の前で、焼きそばを食べている。那都巳は白いカッターシャツに黒のスラックスで、身元がばれないようにしてかサングラスをしている。羅刹は黒縞の浴衣を着ている。長く赤い髪を無造作に縛っていて、いかにも外国人が浴衣を着ているといった風情だ。

(お前ら、すげー目立ってるから!)

頭痛を覚えて、櫂はくらくらした。二人とも背が高く、目立つ容姿をしているので周囲の視線を集めまくっている。ただでさえ目立つから薄暗くなってから来いと言ったのに、ぜんぜん人の話を聞いていない。

唯一助かったのは、慈空が本堂で写経講座をしていたことだ。参加者にかかりきりで、境内に紛れた鬼に気づいていない。

「千寿、すまん。あいつらもう来てる」

汗だくでかき氷機を操作している千寿に言うと、「えっ⁉」と険しい形相で迫られた。千寿が文句を言う前にやぐらの上に大きな太鼓が運び込まれ、町内会の太鼓名人が撥(ばち)を片手に掛け声を上げる。千寿の母親が太鼓の音に微笑んだ。

「盆踊りが始まったみたいね」

設置が終わり、太鼓の音が境内に響き渡り、音響スタッフが盆踊りの定番曲を流し始める。檀家の踊り担当の浴衣姿の老婦たちがわらわらと出てきて、やぐらの周りを輪になって踊り始めた。子どもたちも見様見真似で踊りだす。

「水分をこまめにとって、踊って下さい!」

スタッフの一人が給水所で声をかけている。太陽を薄く雲が覆い、わずかながら日差しが柔らいだ。境内にはどんどん祭り客が集まっている。浴衣姿の女性も多く集い、雑多な気が混じっていく。

伊織はいつ現れるのだろう。

一般客をチェックしながら、櫂は今か今かと待ちわびていた。


午後五時にはかき氷用の氷がなくなり、その一時間後には用意していた甘酒も品切れになった。結構多めに作ってあったのに早い時間で無くなったのは、去年よりも人が多かったからだろう。観光客も来ていたし、地元の子どもたちも多く詰めかけた。本堂で行われた写経体験も無料のおかげか人気で、寺は大賑わいだった。

「お疲れ様、櫂。これ持って帰って」

甘酒の入っていた鍋を片づけると、労働報酬として千寿の母親から一升瓶を三本もらった。有り難く受け取り、自由の身になって羅刹たちを捜す。人波の中に気配がないので、ぐるりと周囲を見回す。羅刹の気配は本堂の裏手から感じる。

「おーい、ここ、ここ」

本堂の裏手に行くと、那都巳が石段に座って大きく手を振っている。この寺を建立した和信和尚の像の前に羅刹と那都巳と雪がいた。よりによってそんな場所で。和信和尚は、羅刹を八百年もの間、祠に封印していた高僧だ。和信和尚の像はひびが入っていて、羅刹が寄りかかると破壊しそうではらはらする。

「ねぇ、この鬼君。ずっと食べてるんだけど」

横に座っている羅刹を呆れて眺め、那都巳が言う。羅刹は綿あめを手で掴み、指についた甘い成分を舐めている。どうやら雪が羅刹の食べたいものを全部買ってあげていたようで、すべての出店を制覇したと豪語している。

「吾の時代にはこのような美味いものはなかった……。吾はりんご飴とチョコバナナとクレープが気に入った。チョコバナナは最初、人の喰うものとは思えない色で悩んだが……喰ってみるとイケるではないか」

羅刹は甘いものに目を輝かせている。

「女子かよ！」

櫂が突っ込みを入れると、雪が日傘を揺らして笑っている。

「櫂様、お疲れ様です。草太は友達と近くの駄菓子屋に行ってくるそうです。しばらくしたら戻ると思います」

雪は汗ばんだ肌をハンカチで拭い、微笑む。

「今のところ、伊織が現れる様子はないから俺はまだここにいるけど……雪さんはどうします？　暑いし、家に戻っていてもいいですよ？」

羅刹は不測の事態に備えて居てもらわなければならないが、雪は危ない目に遭わないよう、離れていてほしかった。八百比丘尼は攻撃してこなくとも、羅刹が暴れてとばっちりを喰う可能性はある。それに今はこうして和んでいるが、羅刹が八百比丘尼の手足を引きちぎったりする場面を視たら、雪だって怯えるに違いない。

「私がいては邪魔ですよね……。草太が戻ってきたら、屋敷でお待ちしておりますね。夕食はさっぱりしたものがいいですか？　お風呂の用意もしておきます」

雪は櫂の思惑を読み取って、すんなり引いてくれる。ホッとしていると、遠くから草太の声がして、出店で捕まえたらしき金魚を振り回しながらやってきた。右手には駄菓子が詰まったビニール袋を持っている。

「やー、楽しかった！　すごいだろー、俺がすくったんだぜ」

草太が金魚の入った水袋を突き出す。

「お前、それどうする気だ？　うちには水槽なんてないぞ」

櫂がじっとりと草太を見据えて言うと、その肩に羅刹が長い腕をかけてくる。

「そのように小さい魚、喰いでがないではないか。しかも二匹。一飲みだな」

羅刹は観賞用の魚という認識がないので、食べることしか頭にない。

「これは喰いもんじゃねーよ！　ってか、誰か褒めろよー！」

草太が歯を剝き出しにして怒り、それと同時に変化の術が解けて大きくなった。幸い本堂の裏手で人目がなかったので騒ぎにならなかったが、身体の変化に伴いTシャツがぴちぴちに引き伸ばされ、ズボンに至っては尻のところが裂けてしまった。

「馬鹿。角をしまえ」

草太の頭を櫂が叩くと、すかさず雪がバッグから成人男性用のズボンを取り出す。さすが雪は用意がいい。万一の場合に備えて着替えを用意していたらしい。

「ちょっと気が弛んじゃったんだって」

草太は櫂たちの後ろに隠れて、ズボンを穿き替える。角がするすると頭に引っ込んでいく。

「君たちって変わってるね」

草太に説教していると、那都巳がしみじみした口調で言った。

「変わってるお前に言われたくない」

ムッとして櫂が那都巳を睨みつける。

「いや俺も変わってるけど。鬼とそんなほのぼのしてる陰陽師見たことないから。俺だって鬼といる時は気を張ってるのに」

馬鹿にしているのか、感心しているのか、那都巳はまじまじと櫂を見る。

「……鬼と仲良くなるなんて、可能なんだね」

ふっと那都巳が笑い、立ち上がる。その言い方に心がざわめいたが、櫂は何も言い返さなかった。

「では櫂様。私たちは戻っておりますね」

雪は櫂がもらった一升瓶を三本、大きくなった草太に持たせ、その背中を押して歩き出す。

「えっ、俺もここにいるよ！　俺も役に立つし！」

草太は残る気満々だったようで、雪に背中を押され、焦っている。櫂としては草太に残ってほしくなかったので、雪の計らいに感謝した。伊織の件はなるべく自分と羅刹で片をつけたかった。それに——草太には八百比丘尼と会わせたくない。半妖とはいえ明るく育った草太に、禍々しい存在を教えたくなかったのだ。

「草太、あなたには屋敷でやることがあるのです」

力では草太のほうが何倍も上だが、雪は母親の目力で草太に言うことを聞かせた。不承不承といった顔つきで、草太が雪に引きずられていく。

「やれやれ。では俺は、少し周囲の様子を窺ってくる」

草太と雪がいなくなると、那都巳が肩を鳴らしつつ、手を振って去っていった。櫂は羅刹と二人きりになり、ほうっと息をこぼした。羅刹の隣に腰を下ろす。

「羅刹、お前、比丘尼と会っても理性、飛ばすなよ」

一番心配なのは、羅刹が理性を失って見境なく暴れることだ。那都巳がいるから最悪の事態は免れるだろうが、櫂としては伊織を八百比丘尼から引き離すことを第一としたい。羅刹が協力してくれるならこれ以上ないくらい心強いが、果たして……。

「分かっている。八百比丘尼を見つけたら、人のいない山のほうに引きずり込めばいいのだろう。伊織はその後にゆっくり殺す。人間を殺すのは簡単だからな」

綿飴を食べながら平然と怖い発言をされ、櫂は顔を引き攣らせた。

「ぜんっぜん、分かってないじゃねーか！　伊織を殺すのはなし！」

少しは善い鬼に近づいているのかと思いきや、羅刹は変わりない。櫂の怒った声にも動じず、棒についた甘い部分を齧（かじ）っている。

「何を言っている。伊織を殺さねば、お前の呪（のろ）いは解けないのだろうが」

凛（りん）とした目つきで言いきられ、また行き違っているのを自覚した。当たり前だ。櫂は自分の気持ちを羅刹に話していない。それで分かってもらおうなんて、虫が良すぎる。相手は鬼で、櫂の常識など通用しない。

「まだ伊織を殺さなければ解けないと決まったわけじゃない。それに、たとえ伊織を殺さなければ呪いが解けないとしても、俺は伊織は殺さない。お前にも殺させない。これは絶対だ」

横を向いている羅刹の顎（あご）を引き寄せて櫂が言うと、驚愕（きょうがく）したように羅刹が綿飴の棒をへし折る。

「お前は馬鹿か？　何を言っている？　頭がいかれたか？　目の前に答えがあるのに、それをしないなんて、理解できぬ」

羅刹が立ち上がり、櫂の胸倉を摑む。負けじと羅刹を睨みつけ、その手を両手で握った。

「友人を殺してまで生きたいとは思わない。お前にも人を殺させたくない。何度も言ってるだろう？　お前には神仏に帰依してほしいって。そのままずっと鬼として生きる気か？　今、生き残っても、俺は人間だからいずれ死ぬんだぞ」

羅刹の目をしっかりと見つめ、櫂は強い口調で言った。羅刹の目が見開かれ、動揺したように櫂を摑んでいた手を震わせた。

「……先のことなど、考えたことはない」

羅刹は忌々しげに櫂を突き飛ばし、櫂に背中を向けた。

「お前は勝手だ。吾の封印を解き、さっさと死ぬ気か？　イライラする……っ」

羅刹が肩を怒らせ、人のいるほうへ行ってしまった。少し言いすぎたかもしれないと櫂は髪を乱した。羅刹の言う通り、確かに自分は勝手だ。羅刹の封印を解いたうえ、自分の死後も生き方を縛るような言い方をした。

（羅刹とこんなに短い間に絆ができると思わなかったから）

羅刹の封印を解いた頃は、万策尽きて考えられることは何でもやってやろうという気分になっていた。鬼なのだし、術で縛って言うことを聞かせればいいと安易に考えていた。鬼にも心があり、まさか人ならざるものに惹かれるとは思いもしなかった。

（っていうか、俺が死んだら術も解けるし、羅刹は前のように人を喰う鬼に戻るんだろうな）

今は大人しくしている羅刹も、術が解けたら自由になる。鬼の本能は人を喰い、殺すことだ。擢がいなくなったらそれに抗うのは難しいだろう。

（那都巳に任せる……のは無理だろうな。あいつ、鬼に厳しいし）

自分が死んだ後について考えていることに我ながら驚き、苦笑が漏れた。以前は死にたくなくて、何とか呪いが解ける方法がないか探し回っていた。けれど、伊織を殺さねば呪いが解けないかもと分かった時点で、憑き物がとれたように生への執着が消えた。大切な友人を殺してまで生きるのは、何か違うと思ったからだ。擢もこんな若さで死にたくはないが、だからといって友人を死なす羽目になったら、たとえ生き延びても、きっと一生後悔するに決まっている。

もともと長く生きるのを望めないと悟っていた一族だった。小さい頃から満月の晩になるたび、百鬼夜行の襲撃に怯えていた。祖父も父も陰陽師として一流だったけれど、結局は死んでしまった。今は物の怪を退けられても、いずれ年老いて力が弱まったら、喰われるのだろう。どうせ恋人もいないし、身内もほぼいないに等しい。害を避けるために、母は父と離縁して異国で暮らしている。母はもともと情に薄い人で、擢の家の事情を知るとさっさと離れてしまったと聞く。

（俺の今の心残りって、伊織と羅刹だけなんだよな……）

自嘲気味に笑い、擢は重い腰を上げた。

失踪した友人と鬼だけが心残りなんて、ろくな人生じゃない。そう思いつつ、祭りの中心に向かい、羅刹の姿を捜した。

午後七時を過ぎ、ようやく日が暮れ始める。空が赤く染まり、辺りの雰囲気も変化していった。暑さは軽減され、提灯に次々と火が灯っていく。羅刹の姿を捜しながら出店の並ぶ参道を歩いていると、ポケットのスマホが鳴り出した。

『俺。比丘尼を見つけた。鐘楼門の近く。鬼君と近づく』

那都巳の声がして、櫂は背筋を震わせた。

とうとう、八百比丘尼が現れたのか。すぐ行く、と告げて、踵を返す。鐘楼門は寺の北側にある門だ。今いる参道からは、ぐるりと回らなければ辿り着けない。

「すみません、通して下さい」

人だかりのある出店の前で右往左往していると、ふいに視界の隅に見知った顔が見えた。櫂はぎょっとして立ちすくみ、人波の中から振り返った男に視線を釘づけにされた。

人波の間から自分を見つめていた男が、小さく微笑む。背の高い、きりりとした眉の若い男だ。優しげな目元と、通った鼻筋。闇に溶けそうな黒いシャツと黒いズボンを穿いて、誘うように参道を逸れる。

――伊織だ、と櫂は鼓動を速めた。

反射的に人波を押しのけて、その後を追った。伊織は櫂に背中を向けて、どんどん先へ行ってしまう。鼓動がうるさいほど鳴り響き、頭が真っ白になった。伊織と目が合った瞬間、ここがどこで今がいつだか頭から吹っ飛んだ。

「伊織！　待ってくれ！」

大声を上げ、櫂は必死にその背中を追った。伊織は寺の敷地から出て、人のいない寂れた道のほうへ駆けていく。何故逃げるんだと焦りつつ、櫂は伊織を追った。伊織は袋小路の道に入り込み、やっと立ち止まる。いつの間にか寺からずいぶん離れてしまった。太鼓の音やお囃子の音が遠くから聞こえる。

「伊織！」

櫂が声を上げると、伊織がすっと振り向いた。

視線が合って、ぶわっと訳の分からない汗が噴き出した。伊織と向き合った瞬間、忘れていた感覚というのを思い出したのだ。六年の間、意識がなくて、病院で伊織が意識を取り戻した時、その後しばらくリハビリを手伝ったり、一緒に過ごしたりした間、櫂はあまり伊織に惹かれなかった。ただの初恋、あの頃わずらっただけの一時の恋の病だったのだろうと思っていた。ずっと式神の伊織を傍に置いていたし、もう伊織に邪な感情などないのだと。

けれど、こうして伊織と――本物の伊織と再会して、自覚した。

目が、違う。これこそ、本物の伊織だ、と肌で感じたのだ。目は心の鏡というが、伊織の目を見て、どうして病院で目覚めた伊織がまがい物だと気づかなかったのだろうと己を罵倒した。

自分が昔、好きだったのは、目の前の男だ――。

「櫂。久しぶり……、で、合ってるかな」

伊織が口元を弛め、にこりと笑う。

何故か分からないが泣きそうになり、櫂は引っ張られるように伊織に近づいた。一見明るく優しげな伊織だが、その瞳の奥には暗い陰りがある。最初に会った頃から、それを感じていた。仄暗い何かの翳をまとっていた。クラスでも明るく教師からの受けもよく、誰からも好かれ、誰とでも仲良くできる——そんな伊織に、櫂は時々自分に似た何かを感じていた。消そうとしても消せない、隠されたものを。

唐突に、中学二年生の時、伊織の家に遊びに行った日の記憶が蘇った。家で遊ぼうとしつこく誘われて、根負けして赴いたのだ。伊織はその頃、サッカー部で明るくリーダー格の少年だったが、自分についてはあまり語りたがらなかった。母親が働いているそうで、学校帰りに家に行くと誰もいなかった。

伊織の部屋は意外なほど簡素で、必要なものしか置かれていなかった。一つだけ、箪笥の上に置かれていた箱が邪気を放っていて、何気なく「これ……何？」と聞いた。その時の伊織の顔——。伊織はひどく複雑な笑みを浮かべた。興奮したような、怒ったような、それでいてどこか愉悦を覚えているような——。

あの時、伊織は何と答えただろう？　あまり触れられたくないものだったようで、伊織の部屋から追い出され、居間でゲームをした。最初はテレビゲームで遊んでいたのだが、そのうち伊織が飽きて、櫂の腕を握ってきた。

「なぁ、鼓動聞くと安心するって知ってる?」

櫂の手首を指で押さえて、伊織が顔を近づけてくる。手首で脈が計れなかったのか、伊織はいきなり櫂の胸に耳を押し当ててきた。

「な……っ」

櫂は心臓の辺りに耳を押し当てる伊織に、動揺してコントローラーを落とした。その頃櫂は自分の性癖について疑惑を持っていて、あとから思えばそれは決定的な出来事になった。吐息が触れるほど伊織にくっつかれて、頬が熱くなり、感情が昂ったのだ。

「動いている……。生きてる証拠だな」

伊織は櫂の鼓動を聞き、目を細めて笑った。伊織は何事もなかったように櫂から離れ、新しいゲームソフトを取り出した。

自分が伊織に惹かれていた理由を、本人と会って思い出した。

「伊織……、俺はお前に……」

櫂は伊織に近づき、声を震わせた。

近づけば近づくほど、病院にいた伊織はまがい物だったと分かる。醸し出す空気が、ぜんぜん違う。伊織を好きだった時の自分の気持ちと重なり、胸が締めつけられるような思いに駆られた。

「お前に謝りたくて……お前を避けていたこと、俺は……俺はお前に疎まれるのが怖くて」

　櫂は当時、伊織を避けていた真の気持ちを告白しようとした。伊織を好きで、妄想の中で何度も抱かれる姿を想像し、自己嫌悪で会うのがつらくなっていた。それが伊織が魔物に憑依された原因ではないかとずっと悩んでいた。昔から自分の傍にいる友人は、妖魔につけ狙われた。そうならないよう、友人は作らないようにしていたのに、伊織だけはうまくいかなかった。

「お前が魔物に憑依されて、凶行に至ったのは、全部俺のせいなんだ。俺が悪いんだよ」

　万が一にも伊織があの事件で苦しまないよう、櫂は必死に言い募った。

「櫂。——俺はお前に執着していたんだ」

　伊織は口元に微笑みを浮かべたまま、静かに告げた。櫂はドキリとして、息を呑んだ。伊織が自分に執着していた——？　それは違う、片思いしていたのは櫂のほうだ。男と寝るようになって、相手に気があるかどうかの判別はすぐにつくようになった。伊織は友情はあるだろうが、櫂に対して性的欲求を含む感情は持っていなかった。だから、避けたのだ。

「櫂だけが特別だった。俺はお前と同じ目線で、同じ物を見たいと思っていた」

　伊織が囁くように言う。胸が熱くなり、櫂は伊織を凝視した。

（本当に？　伊織は俺のことを……？）

　櫂は信じられなくて、喘ぐような息遣いになった。

「櫂。お前を抱きしめてもいいかな」

伊織が微笑んで手を広げてきた。わずかに戸惑いつつ、櫂も伊織の熱を感じたいと思ってその胸に飛び込んだ。伊織の腕の中に抱き込まれ、背中に大きな手が回る。ぎゅっと抱きしめられ、櫂はくらりと眩暈がして伊織の髪の匂いを嗅いだ。

「伊織に久しぶりに会えた気がする……」

櫂は低い声で囁いた。伊織の手が櫂のうなじを撫で、鼻先が耳朶をかすめる。

幼い頃のわだかまりや、伊織に対する暗い気持ちが、溶けて消えていくようだった。伊織に受け入れられ、満たされて、昇華されていく。

「伊織、何から話せばいいか……、お前には聞きたいことが山ほどあるんだ。八百比丘尼という尼さんに連れ去られたというのは本当か？　あれは魔性だ、すぐに離れてくれ。それに、六年前、俺に……」

伊織の熱を感じながら、櫂はもどかしげに言葉を綴った。すると伊織の人差し指が鼻先に近づけられ、静かにするようにと「しーっ」と目で制される。

「お前はやっぱり俺にとって、特別だ」

伊織が目を細め、屈み込んできた。伊織の唇が首筋に触れて、櫂はどきりとして身をすくめた。

――次の瞬間、強烈な痛みが首から起こり、櫂は伊織を突き飛ばそうとした。だが、伊織の身体はびくともしない。

「い、ああ、あ……っ、な、何……っ⁉」

伊織が首の付け根を噛んでいる。鋭い牙が肉に食い込み、離れようとしてもがっちり嵌まっている。櫂は何をされているか理解できなくて、混乱してわなないた。櫂の首に歯を立てていた伊織の身体が膨れ上がり、みるみるうちに大きくなっていく。

「うああ……っ‼」

櫂は悲鳴を上げて、どうっと地面に転がった。伊織が櫂の肉片を千切り、口元を真っ赤にして見下ろしていた。もともと背の高かった伊織だが、今や三メートル近い身体つきに変わっていた。人間とは思えないほど両腕や背中が膨れ上がり、髪が乱れ、目が赤く光る。何よりも――こめかみに突き出た角が、櫂を震わせた。

「い、伊織……？　お前、何で、それ……」

櫂は強烈な痛みを放つ肩を押さえながら起き上がろうとして、再びその場にへたり込んだ。首の付け根から血が噴き出し、押さえている手が血で染まっていく。裂かれた部分は熱く痺れ、一瞬意識を遠ざけた。

「な、んで……」

櫂は頭が真っ白になって、同じ言葉を繰り返した。

伊織は櫂の肉片を咀嚼するように歯を鳴らした。長い舌で口元の血を舐め、うっすらと笑う。

「ああ、櫂。お前の肉はやはり美味い。俺はずっとお前に執着していた。お前を食べることで、それは満たされるって、あの人のおかげで気がついたんだ」

伊織が嬉しそうに目を細め、櫂に語り掛ける。

櫂は何が起きているのか理解できなくて、伊織の真っ赤な口元を凝視していた。自分の肉を食べたのだろうか？　何故、伊織が？　それにその角——お前、まるで鬼、みたいじゃないか……。

「お前の血が流れてしまう。もったいないな……」

伊織が上擦った声音で手を伸ばしてきた。傷口を手で押さえているが、裂けた場所から血が絶えず流れているのが櫂にも分かった。今すぐここを逃げ出すか、目の前の変わり果てた友人を術で縛るかしなくてはいけないと頭の隅で思った。

けれど、身体が動かなかった。

目の前にいるのが伊織だったからだ。

何かの妖魔や物の怪が憑いているわけでもない、正真正銘の伊織——同じ学校に通い、恋心を抱いていた相手だからだ。

「伊織……何で？　何でお前、鬼、に……？」

伊織は片方の腕で櫂の腕を摑んだ。腕を引っ張り上げられ、軽々と宙に浮いてしまう。伊織の力は強すぎて、摑まれた腕がぼきぼきと折られた。失神するほどの痛みを感じながらも、櫂は混乱のほうが大きくて唇をぱくぱくとさせた。

「泣いているのか、櫂。ねぇ、お前なら俺を理解してくれるだろう？　俺は今、これ以上ないくらい自由なんだよ」

伊織にうっとりした声で指摘されるまで、櫂は自分の両目から涙がこぼれていたのに気づかなかった。生理的な痛みなのか、肉体的な痛みなのか、もはや意識が途切れそうで判別つかない。伊織は櫂の肩口に顔を埋め、血肉を啜り、大切なもののように抱きしめる。

「お前の鼓動が震えている。俺の鼓動も同じように——、ああ、この感覚だ」

伊織の声が壁一枚向こうから聞こえてくるように感じられ、櫂は絶望した。

伊織は——鬼になった。

そう自覚した瞬間、激しい力が伊織の頭上に起こり、摑まれていた手が離された。地面に崩れ落ちる前に、見覚えのある匂いが櫂を包み込む。

「この馬鹿！　何をしている⁉」

薄れかけていた意識を戻すと、いつの間にか羅刹の腕の中にいて、大声で怒鳴られていた。

羅刹は血だらけの櫂を抱きかかえ、伊織から離れるように近くの家の屋根に飛び乗る。

「お前の声がして急いで駆けつけてみれば……っ、何だ、この血は！　あいつにやられたのか⁉」

羅刹が混乱したように叫んでいる。

「俺まで連れてこられて迷惑だな。俺は比丘尼にしか興味がなかったのに……」

視線を下げると、袋小路に那都巳が駆けつける姿があった。面倒そうにこちらを見上げ、肩をすくめる。

「まぁ、やばそうなので、手は貸すけど。鬼のオンパレードだな」

那都巳が指を鳴らすと、どこからか鎖と枷(かせ)をつけた鬼と、目隠しをした白装束の女性が出てくる。那都巳の号令と共に、鬼の足から枷が外れ、那都巳の式神である鬼が伊織に飛びかかる。白装束の女性は白い着物の袖(そで)を揺らし、舞うように伊織の前に躍り出る。

「あらまぁ……、このような邪魔が入るとは……」

伊織に二体の式神が組み付く中、涼しげな笑いを浮かべて近づいてきた墨染めの袈裟(けさ)を着た女性がいた。白い頭巾(ずきん)を被り、整った目鼻立ちに、紅も引いていないのに真っ赤な唇で笑う。八百比丘尼——戸隠(とがくし)で会った、化生(けしょう)だ。

「比丘尼……っ」

羅刹が櫂を抱えたまま、歯ぎしりをする。羅刹は櫂を屋根の上に置き去りにして八百比丘尼を殺しに行くと思ったが、櫂の苦しげな息遣いに躊躇(ちゅうちょ)して、その場に踏み止まった。

「八百比丘尼……!!　会いたかった、ああもう、何であんな鬼の相手してんだ、俺は」

那都巳は伊織の背後にいる比丘尼の存在に気づき、右往左往している。那都巳の式神である鬼は伊織の力で腕を引きちぎられ、絶叫を上げる。白装束の女性はくるくると舞いを踊り、そのたびに白い花吹雪を散らす。

「伊織、まだあなたは幻覚に弱いから、今日はここまでね」

八百比丘尼が袖からすっと小さな鈴を取り出した。細くたおやかな指を揺らすと、りんりんと小気味のいい音が鳴り響く。すると黒い靄(もや)の中に八百比丘尼の姿が消えていく。同時に伊織が大きく跳躍し、八百比丘尼の身体を抱き上げる。

「待て！」

羅刹と那都巳が同時に叫ぶ中、八百比丘尼と伊織の姿は闇に消え去った。羅刹が屋根から櫂を抱いたまま飛び降り、先ほどまで二人がいた場所を見回したが、そこにはもう何もない。

「くっそ、逃げられた」

悔しそうに那都巳が地団太を踏む。

「う……」

羅刹はふいに息を荒らげ、櫂の首筋に唇を寄せた。櫂の血の匂いに理性を失いかけ、血を啜る。

「鬼君、調伏(ちょうぶく)されたくなかったら、今すぐ車に彼を運んで」

那都巳が聞いたことのないような冷たい声で命じる。羅刹がハッと我に返り、櫂を抱えて走りだした。羅刹の腕の中で揺られながら、櫂はこの悪夢のような出来事に呆然(ぼうぜん)自失していた。

■五章　変わり果てた姿

　那都巳の運転で耀は坂上病院へ運ばれた。夜間救急も行っている病院なので、すぐに耀の怪我を診てもらえた。首は七針縫う怪我で、右腕は上腕骨が骨折していた。右腕全体を固定するような形で処置してもらい、薬を処方してもらった。たまたま前回の怪我でも世話になった医師がいて、「また君か」と疑惑の目を向けられた。何度も似たような場所を怪我しているので事件性を疑っているらしい。

　屋敷に戻った時には夜十時を回っていて、雪が心配していたと駆け寄ってきた。草太は寝ていたので、起こさないでくれと頼んだ。居間に入ると、雪が人数分の冷えた麦茶を運んできた。

「夕食用意してありますけど、食べられますか？」

　雪は包帯でぐるぐる巻きにされた耀を労るように、優しく聞く。耀は食欲がなかったのでいらないと言ったが、羅刹は腹が減ったと要求している。

「まいったなぁ。式神にしようとしていた鬼がやられちゃったよ」

　那都巳はクーラーの効いた居間で大の字になって転がり、大きなため息をこぼした。耀はうつむいたまま無意識のうちに二の腕に触れる。羅刹はずっと心配そうに櫂を膝の中に抱え込んでいる。病院での処置中も、櫂が痛みを訴えるたびに医師に摑みかかりそうになっていたし、気が気ではない様子だ。

「やっぱり彼女は俺が子どもの頃に会った尼さんだね。八百比丘尼……、あの頃となんら変わらない姿だった。あの邪魔な鬼さえいなければ、彼女と深く探り合えたのになぁ」

那都巳が何気なく鬼と発したとたん、櫂はびくりと肩を震わせて、痛みに顔を顰めた。

思い出したくない悪夢が蘇る。

伊織が——鬼になっていた。しかも——櫂を喰おうとしていた。

「あの……？」

居間のテーブルにおにぎりが八個載った皿を置き、雪が目で問う。羅刹は長い腕を伸ばし、雪の握った握り飯を口の中に放った。雪が座布団に座ったところで、那都巳が上半身を起こしてテーブルににじり寄る。

「伊織という彼の友人が鬼になっていたんですよ」

櫂が口を開かなかったので、代わりに那都巳が説明した。雪が息を吞み、おそるおそるというように櫂を見やる。

「鐘楼門のほうで待機しておいた式神から連絡が来て、八百比丘尼を俺と鬼君が追ったんです。そうしたら反対側のほうで、彼と伊織が遭遇していて。俺たちが駆けつけた時には、彼は血だらけのボロボロで、見知らぬ鬼と八百比丘尼が集まったと……。式神で応戦したけど、逃げられちゃいました」

那都巳の話に雪は青ざめている。那都巳は終始面倒そうな口ぶりだったが、ふとその目が光り、櫂を見据える。

「捜していた友人が鬼になってショックなのは分かるけど、陰陽師としてやられっぱなしってどうなの？　そんな怪我を負う前に、対抗するべきだったんじゃないの？　この鬼君と俺がいなきゃ、確実に死んでたよね？」

辛辣(しんらつ)な口調で那都巳に責められ、櫂は唇を嚙みしめた。

那都巳の指摘通り、陰陽師なら冷静さを保って何かするべきだった。何よりも伊織の変化に気づき、距離をとるべきだった。違和感は覚えていたけれど、どうしようもなく惹かれるものがあって伊織を拒否できなかった。櫂は黙って肉を齧られ、腕を折られた。もう一度あの場に戻ることができても、同じようにやられるだけだろう。

「打ちひしがれてるなぁー。つまらない」

櫂が何も言わずにうつむいているので、那都巳が蔑(さげす)むように笑い、再びごろりと横になった。

「伊織さんが鬼になって……どうして、そうなったのですか？　人間、だったのですよね？」

雪が信じられないと言わんばかりに唇を震わせる。

「比丘尼の肉を喰ったのだろう」

三個目の握り飯を齧りながら、羅刹が言う。櫂は腕と首の痛みに顔を顰めた。発熱しているのか、身体が熱い。伊織は――八百比丘尼の肉を喰ったのだろうか。

「比丘尼の肉を……?」

雪が恐ろしそうに口元に手を当てる。

「人間が比丘尼の肉を喰えば、鬼に変わる。吾がそうだったように……」

羅刹の声が耳元でする。伊織は比丘尼に騙されて肉を口にしたのではないかと一瞬だけ、考えた。だがその思考は伊織の囁きでかき消される。

『俺はずっとお前に執着していた。お前を食べることで、それは満たされるって、あの人のおかげで気がついたんだ』

伊織ははっきりとそう言った。そこには真実の響きがあった。伊織は本気で櫂を食べたいと言い、それを実行した。伊織には櫂が知らない闇の部分があった。

「あの男は、鬼になった」

羅刹の手が櫂の顎にかかり、無理やり持ち上げられる。間近から目線を合わされ、きつく睨まれる。

「次に会ったら、吾が倒す。それでいいな?」

羅刹にじっと見つめられ、櫂は唇を震わせた。駄目だとは言えなかったが、いいとも言えなかった。自分はまだ混乱している。伊織が鬼になったのを受け入れられずにいる。信じたくない。長い間友情や恋情、葛藤や怖れを抱いていた相手が鬼になったなんて。そんなことのために、長い間治療費を払い続けてきたわけではない。伊織が元の生活に戻ってまともな人生を送ってもらうために、高額な治療費を払い続けてきたのだ。

「それ以外ないでしょ。要するに伊織を始末すれば、呪いは解けるってことだし」

那都巳が黙り込む櫂の代わりに答える。

「っていうか、結局、巷で騒がれている変死事件は、その伊織って鬼がやったことじゃないかな。失踪した後すぐに鬼になったとしても、あれほど強い鬼になるとは思えない。よほど人を殺したか、人を喰ったかしない限りね。どう思う？　鬼君の見解は」

那都巳に顎をしゃくられ、羅刹が眉を顰める。

「……吾も同じ意見だ。あのように大きく成長したのは、それ以外考えられない。その上、比丘尼の肉も喰い放題だからな」

変死事件の犯人が伊織——櫂はますます絶望して、鼓動を速めた。あの明るくて優しかった伊織が、何の罪もない人たちを襲い、殺し、喰う——。違うと言いたかったけれど、あまりにも虚しくて口にできなかった。伊織はもう櫂の知っている伊織ではなくなった。いや、最初からそうだった？　櫂の目に映っていたのは、櫂がこうだと思い込んだ幻影だった？

「鬼ならば——倒していいのだろう？」

羅刹が櫂の瞳の奥を覗き込むようにして聞く。

「それは……」

　櫂は喘ぐような息遣いで、羅刹から目を逸らした。身体は燃えるように熱く、頭がずきずきと痛む。吐く息の熱さに羅刹の目が細くなり、額に冷たい手がかけられる。

「ずいぶん熱いな……」

　羅刹の指が頬に触れる。雪が気づいて、櫂の横に移動して、額に触れる。

「熱があるようですね。横になったほうがいいと思います」

　雪が布団を敷くと言って居間を出て行った。羅刹が櫂の身体を横抱きに抱えて持ち上げる。

「櫂」

　名前を呼ばれて物憂げに目を向けると、那都巳が立ち上がって肩を鳴らしている。

「俺は一度自宅に戻る。式神が一体壊れてしまったから、別のを用意しないと。一応こいつを置いていくから、何かあったら連絡を」

　那都巳が指を鳴らし、隣に白装束の式神を呼び出す。白装束の女性はゆらゆらと揺れながら、部屋の隅にちょこんと正座した。

「分かった。すまない……」

　那都巳には迷惑をかけている。櫂が殊勝に謝ると、皮肉っぽく笑う。

「その腕じゃ、印を結ぶのにも時間がかかるだろう。本当はあまり傍を離れたくないけれど、式神がいないとこちらもいろいろ面倒でね。明日の夜までには戻るよ。やはり君の傍にいるのが、八百比丘尼に会える一番の近道だからね」

軽く手を上げ、那都巳が居間を出て行く。本心は不明だが、那都巳がいるといないとじゃこちらも雲泥の差だ。自分がもっとしっかりしていれば良かったが、今の櫂は役立たずだ。

羅刹は櫂を抱え、自室に向かった。櫂の部屋の障子は直され、今は綺麗になっている。雪があらかじめ布団を敷いてくれていたので、羅刹はそこに櫂をそっと置いた。羅刹らしくなく、櫂を労わっている。

「作務衣が血で汚れていますね。新しいのに着替えて下さい」

雪が濡れたタオルと新しい作務衣を櫂に手渡す。首筋や腕についた血の汚れを、雪が丁寧に拭いてくれた。作務衣は右腕が固定されているので、袖を通さずに紐で縛った。肩口が破れ、血で染まっている作務衣は雪に捨ててくれと頼んだ。

「氷枕があったので、持ってきましたよ。少しは熱が下がるといいんですけど……」

雪は冷たい氷水が入った枕を置く。

「すみません。解熱剤は飲んだので、一晩寝れば大丈夫だと思います」

櫂は羅刹に手を借りながら布団に横になった。雪がにこりと微笑み、部屋を出て行く。羅刹が部屋の電気を消したので、羅刹も出て行くかと思ったが、障子の前にどすんとあぐらをかいて座り込む。

「羅刹……」

羅刹は腕組みして、櫂を見下ろす。

「吾はここにいる。何かあったら、呼べ」

羅刹は今夜はここで櫂を見守るようだ。暗く淀んでいた心にわずかな火が灯された気がして、櫂は紅潮した頬を氷枕に押しつけた。

「ありがとう……ごめん、心配かけて」

暗闇の中、小声で言うと、羅刹が黙ってそっぽを向く。

櫂は目を閉じて、少し眠ろうとした。今日起きた出来事を一時でも忘れたかった。

（伊織、どうしてだ？　どうしてお前は……）

眠ろうとしたが、頭の中は伊織の変貌でいっぱいだった。伊織の一言、一言が反芻され、胸が苦しくなってくる。いつから伊織は自分をそんな目で見ていたのだろう？　伊織は櫂に執着していたと言っていた。櫂はそれすらも気づいていなかった。恋心を自覚し、伊織にゲイがばれた時、離れなければとそればかり考えていた。伊織は何度も連絡をとろうとしてくれた。それらはすべて、伊織が優しく面倒見のいい男であるからとしか考えていなかった。

（ブラックボックス……。そうだ、ブラックボックスだ）

伊織との記憶を思い出すにつれ、邪気を放っている箱が何か尋ねた時、伊織がどう答えたかを思い出した。

『その箱は……いわゆる俺のブラックボックスだな』

伊織はその箱の中身を櫂には見せてくれなかった。明るい伊織が持つには不似合いなものだと感じていたが、今思えばやはり伊織には隠していた部分があった。当時もっとそれを突き詰めて考えればよかっただろうか？　友人として、悩んでいる部分があるなら、手助けするべきだったのではないだろうか？　自分の性癖がばれたくないばかりに、伊織を突き放したのは自分だ。

（俺はどうすればいいんだ……？　誰か教えてくれ）

櫂は目尻に涙を溜めて、唇を噛んだ。

熱のせいか、いい考えが浮かばない。今は少しでも眠って体力をつけるべきだと思い、櫂は目を閉じた。

氷枕が冷たくて気持ちいい。思考を手放し、櫂は枕に顔を埋めた。

かすかな物音が聞こえて、櫂は眠りから覚めた。

どれくらい寝ていたのだろう。障子越しに入ってくる日の光は弱く、雨の音がする。枕もとの目覚まし時計を見ると、午前十時だった。掛け布団をまくって身体を起こすと、ひどく汗を掻いていて気持ち悪かった。横を見ると、羅刹が柱にもたれて眠っている。

（何だ？　何か、違和感が……）

雨音で目覚めたのだろうかと思ったが、雨音に混じって鈴の音が聞こえてくる。ちりんちりんとかすれた音がするたびに、何とも言えない寂寥感に襲われた。

「羅刹、あの音は一体……」

だるい身体を起こして、柱に背中を預けて寝ている羅刹に近づいた櫂は、どきりとして息を呑んだ。

「羅刹……？」

左手で羅刹の肩を揺さぶると、ぐらりと身体が傾いで、畳に倒れてしまう。

「羅刹、おい、どうしたんだ!?　羅刹!!」

羅刹は寝息を立てている。起きるよう強く揺らしても、一向に目覚める気配がない。羅刹は寝起きが悪いほうではなく、昨日のことを考えればこれほど熟睡しているのはおかしい。何か異常事態が起きている。

（何か変だ、クソ……ッ、この音……っ）

りんりんと鈴の音が絶えず聞こえてきて、頭に靄がかかる。起きたばかりなのに、意識が飛びそうになるし、思考が散漫になる。この音、どこかで聞いたことがある。

「何だ、これは……」

櫂は障子を開けて、廊下に出た。鈴の音がどこからするか突き止めようと、居間のほうに足を向ける。足元に、千切れた人型の和紙が落ちている。これは——那都巳の式神だろうか？

「雪さん！」

居間に足を踏み入れた櫂は、声を震わせた。居間のテーブルには食事の支度がしてあったのだが、その傍で雪が倒れていたのだ。近くには割れた茶碗とこぼれた味噌汁がある。櫂は焦って駆け寄った。

雪は羅刹と同じく寝息を立てている。脈も確かだし、ざっと見たところ怪我している様子もない。羅刹も雪も眠らされている……？　櫂は周囲の匂いを嗅いだ。眠りに誘うような香でも漂っているのだろうかと勘繰ったが、特に匂いはしない。

ただ、この音——。

櫂は左手で耳を覆いながら、音の出所を確かめようとした。居間から聞こえると思ったが、居間に来てみれば自室のほうから聞こえる。大きな音ではないが、途切れずりんりんと耳をくすぐる。この音が原因で羅刹と雪は寝てしまっているのではないだろうか。

（そうだ、草太……）

草太はどうしているのだろうと、櫂は廊下を足早に進んだ。身体を動かしていないと、櫂も床に倒れ込んでしまいそうだった。奥の部屋に行くと、草太も廊下で倒れていた。昨夜とってきたと言っていた金魚が、たっぷり水の入った深皿の中でひっくり返って死んでいる。

「誰だ⁉」

櫂は天井に向かって怒鳴り声を上げた。羅刹も雪も草太も、全員無理やり眠らされている。何かの術だろうか？　櫂は苛立ちを覚えて廊下を駆けて自室に戻った。羅刹はぐったりした様子で倒れ込んだままだ。

文机の引き出しを開けて、霊符を探った。何者か分からないが攻撃をかけられている。右腕が使い物にならない今、霊符ぐらいしか対抗手段がない。那都巳はまだ戻ってきていないし、羅刹をどうにかして起こさなければならない。

「羅刹、悪いが痛みを与えるぞ」

霊符を摑んで羅刹のほうを振り向いた時だ。

いつの間にか開いた障子の前に、八百比丘尼が立っていた。わずかな気配さえなく、物音ひとつしなかった。墨染めの袈裟に白い頭巾を被り、口元に微笑を浮かべて櫂を見つめている。その手には小さな鈴が握られていて、小さく揺らすたび櫂の手足から力を奪う。そうだ、この音は、伊織と消える際、八百比丘尼が鳴らしていた鈴の音だ――。

「八百比丘尼……っ」

昨夜に引き続き、こんなにすぐ現れるとは思わなくて、櫂はたじろいだ。身構えて霊符を突き出そうとしたが、一歩足を踏み出したとたんに、膝から崩れて畳に尻をついてしまった。

「クソ……ッ、何だ、これは……っ」

鬼さえも眠らせる鈴の音は、櫂の身体から力を奪っていく。手足がひどく重く感じられ、櫂は敷きっぱなしだった布団の上に仰向けになった。必死に起き上がろうとするのだが、強烈な眠気で身体が持ち上がらない。ともすれば飛びそうになる意識を保つのがやっとだ。

「どうぞ、楽になさって。可愛いお方」

八百比丘尼は艶然と微笑み、静かに櫂の前に進んできた。間近で見れば見るほど、祖母にそっくりだ。祖母に似ているということは、櫂にも似ているということになる。だがいくら顔が似ていても、八百比丘尼が醸し出す空気は常人のそれとは全然違う。

八百比丘尼がすっと白く細い指を伸ばした。八百比丘尼は倒れ込んでいる櫂の目の前で膝をつき、ゆっくりと頬を撫でてきた。とたんにぞくぞくとした寒気が背中を這い上り、吐きそうになる。まるで幽霊に触られているみたいだ。美しくて艶めいた顔立ちなのに、底知れぬ恐ろしさを感じる。

「伊織を……鬼にしたのか⁉」

八百比丘尼の空気に呑まれては駄目だと、櫂は腹の底から声を出した。怒りで眠気をかき消すしか方法がなかった。印を組みたいが、りんりんという鈴の音で真言も呪文も靄がかかって思い出せない。

「ええ、ええ。彼は私の肉を食べたのです。私には彼が鬼になりたがっているのが分かったのです」

八百比丘尼が嬉しそうに微笑む。櫂は怒っているのに、それが伝わらない。いっそう不気味さを覚えて、櫂は冷や汗を流した。

「お前は……何がしたいんだ？　何が目的なんだ……!?」

八百比丘尼の手で頬を撫でられ、櫂は青ざめて怒鳴りつけた。今や手足は鉛のように重く、布団に縫い留められている。八百比丘尼はそんな櫂を見下ろし、赤い唇の端を吊り上げた。

「私はあなたになりたい」

八百比丘尼の発言は櫂を戸惑わせた。自分に……なりたい？

「――鬼に犯され、鬼に喰われたいのです」

にたりと八百比丘尼が笑い、櫂はぞっとして大きく震えた。八百比丘尼の美しい顔が魔物にしか見えず、震えが止まらない。

「炎咒に犯されて、乱れましたか？　この淫らな身体で、彼を喜ばせた？　何と羨ましい……、炎咒の一物はどれほど大きいのでしょうね……」

八百比丘尼の手が櫂の作務衣を割り、素肌に触れてくる。白い指で下腹部を弄られ、櫂は鳥肌を立てた。八百比丘尼はうっとりした表情で、櫂の腹を撫でる。

「この中に、何度も鬼を受け入れた……。ああ、羨ましい……」

八百比丘尼が恍惚とした様子で、櫂に覆い被さってくる。ふいに八百比丘尼が鈴の音を止めた。代わりに袖から短刀を取り出して、鞘から抜く。鋭い切れ味を思わせる刃が目の前に突き付けられ、櫂は死を覚悟した。

「ふふふ」

八百比丘尼は怯える櫂を見つめ、悪戯（いたずら）っぽく笑った。そしてやおら自分の左手を櫂の顔の近くに置く。そして何を思ったか、自らの左手の小指に刃を押し当てた。

「な、何を……？　やめろ……」

不穏な気配を感じ、櫂は声を引き攣らせた。八百比丘尼は微笑みを浮かべたまま、短刀を持つ手に力を込めた。まさか、と思ったが、八百比丘尼は自分の指に刃を喰い込ませた。

「ひ……っ」

櫂は恐怖のあまり、悲鳴を呑み込んだ。八百比丘尼の小指から血が噴き出し、櫂の耳や頬に飛び散る。八百比丘尼は小さく息を荒らげ、自らの小指を切り落とした。櫂は訳が分からなくて、恐ろしさに震えるばかりだった。八百比丘尼は短刀を畳に放ると、つい先ほど切り落とした小指を櫂の目の前に近づける。

「遊女は小指を愛しい方に贈ったと申します」

八百比丘尼が血のしたたる小指を櫂に見せつけて、狂気的な笑みをこぼす。まさか、と思った時には、八百比丘尼は小指を櫂の口に押し込もうとしてきた。反射的に顔を背け、櫂は動かない身体で懸命に抗った。

（小指を食べさせようとしている⁉　俺を——鬼にする気か⁉）

パニックになりかけて、櫂は無意識に叫び出しそうになった。だが口を開ければ八百比丘尼の小指を入れられてしまう。それだけは嫌だと、櫂は死に物狂いで逆らった。

「まぁ、これでは食べづらかったですね……」

八百比丘尼は嫌がる櫂を仕方なさそうに見つめ、自らの小指を口の中に入れた。そして躊躇せず、口の中でがりがりと嚙み砕く。骨に歯が当たる音だろうか？　それとも肉を千切る音？　どちらか分からないが、聞くに堪えない咀嚼音が八百比丘尼からしていた。

しばらくすると、八百比丘尼は櫂の顎を摑んで、顔を近づけてきた。そして櫂の鼻を摘まみ、深く唇を合わせてきた。駄目だ駄目だと櫂は重い手足をばたつかせた。振りほどきたいのに、八百比丘尼の身体は信じられないくらい重く、身動きがとれなかった。

(助けて、助け、て……)

涙がこぼれ、絶望感に支配された。絶対に口を開くもんかとがんばったが、呼吸を止めるには限界があった。空気を取り込むために反射的に口が開き、八百比丘尼が目を細めて笑う。次の瞬間にはどろりとした何かが八百比丘尼の口から櫂の口へと入ってきた。

「……ッ、……ッ!!」

櫂は目をひん剝き、恐怖で身体をわななかせた。口の中いっぱいに鉄の味と、何かの肉、硬い骨、爪が広がる。吞み込んでは駄目だと分かっていたが、八百比丘尼に口をふさがれて、わずかに嚥下(えんげ)してしまった。

櫂は救いを求めるように手を伸ばした。畳に伸ばされた手が、硬い何かを摑む。それは八百比丘尼が振っていた鈴だった。藁にも縋る思いでそれを握り、力を振り絞って羅刹のほうへ投げつける。

　鈴が柱に当たり、甲高い音と、硬いものがぶつかる音を同時に発する。

「う……」

　その拍子に羅刹が呻き声を上げて、薄く目を開けた。屋敷の外から車が停止する音がする。おそらく那都巳が来たのだ。早く来てくれと願い、櫂は羅刹を仰いだ。

「吾は……、一体……」

　羅刹が蠢く気配がする。羅刹は意識を取り戻してすぐに、櫂の身体に覆い被さる八百比丘尼を見つけた。瞬時に場の状況を察した羅刹は、鋭い爪を伸ばし、八百比丘尼に襲いかかった。

　八百比丘尼は腰の辺りを切り裂かれ、よろめくように飛びのいた。すると櫂を呪縛していたものも消え、身体が自由になる。

「羅刹……っ」

　櫂は涙声で羅刹を呼び、とっさに呑み込んだものを吐き出した。布団の上に、砕けた骨や爪のかけらが流れ出る。気持ち悪くて、涙を流しながら口の中にあったものをすべて吐き出した。だが、いくらかは呑み込んでしまった。

　八百比丘尼の肉を、呑み込んでしまった――。

「まぁ、お気に召さなかったのですか。もったいない……」

八百比丘尼は咳込(せきこ)みながら必死に吐しゃする櫂を、残念そうに見つめている。羅刹に切られた部分はすでに再生され、小指も元通りになっている。羅刹は怒りに肩を震わせ、八百比丘尼に飛びかかった。八百比丘尼は羅刹の腕の間をすり抜け、腕や腹を切り裂かれながら廊下に出た。その手には拾い上げた鈴が握られている。羅刹は容赦なく八百比丘尼を斬りつけたので、部屋中、八百比丘尼の血が飛び散り、悪夢のような空間になっていく。

「待て！」

羅刹が拳を突き出して、引き戸が砕ける。八百比丘尼は引き戸を開けて雨が降っている庭に逃げ出した。羅刹がその後を追っていったが、八百比丘尼は雨に打たれながらひらひらと袖を動かして羅刹の攻撃を避ける。

「比丘尼！」

車から降りてきた那都巳が、騒ぎに気がつき、庭のほうへ回ってくる。

櫂は口元を押さえながら、廊下に出て、雨に濡れていく八百比丘尼を睨みつけた。

「食べましたね」

八百比丘尼は濡れた頬を手で拭い、目を細めて櫂を見つめた。那都巳が式神を呼び出し、二体の狐の面を被った緋袴(ひばかま)の女性が、薙刀(なぎなた)を振って八百比丘尼に飛びかかる。羅刹が那都巳の式神より早く、八百比丘尼の身体を蹴(け)り上げようとしたが、同時に鈴の音が鳴り響き、足を上げた時にはすでに八百比丘尼の姿はなくなっていた。

雨の勢いは増し、庭には水たまりができ始めている。

櫂は全身が冷たくなるような感覚に、ひたすら怯えていた。


櫂は口の中に指を突っ込んで、何度も飲み込んだものを吐き出した。

頭の中は恐怖でいっぱいで、指先は冷たく、鼓動は早鐘を打つようだった。雨が降る庭を、八百比丘尼を捜し回っていた羅刹が、諦めて部屋に戻ってくる。那都巳は一体の式神に屋敷の外まで捜索させているが、八百比丘尼が見つかるとは思えなかった。昨日から置いていた式神は、いつの間にか破壊されていたらしい。

「俺のいない間に来るなんて、狙われていたかな」

那都巳は雨で濡れた髪をかき上げ、縁側から家の中に上がり込んでくる。居間から雪がふらついた足取りで櫂の部屋にやってきた。その後ろから草太が頭をぶるぶる振って歩いてくる。

「一体、何が……。気づいたら、意識を失っていました」

雪は櫂の部屋の惨事を目の当たりにして、青ざめる。櫂はもう何も吐くものが残ってないというくらい、胃の中のものを吐き出した。

「大丈夫か⁉　お前……」

羅刹が顔を強張(こわば)らせて、櫂の身体を抱く。

「比丘尼の……肉を、喰わされた」

櫂は真っ青になって羅刹に言った。その場にいた全員の動作が一瞬停止し、食い入るように櫂を見つめる。

「恐ろしいね。八百比丘尼は」

那都巳が上擦った声で、櫂に近づいてくる。櫂は小刻みに震え、自分の髪をぐしゃぐしゃにした。

「俺は……鬼に、なっているか?」

聞くのが恐ろしかったが、聞かずにはおれなかった。八百比丘尼の肉を人が食べると、鬼に変わる。自分も鬼になってしまうのかという絶望に支配された。

「見た目は……変化はないようだ。すぐに吐いたのがよかったのかもしれない」

櫂の頭のてっぺんから足のつま先まで眺め、那都巳が言う。わずかに安堵(あんど)したが、先ほどから震えが止まらない。人の肉を口に無理やり流し込まれたのだ。精神的なショックが大きく、羅刹にきつく抱きしめてもらっていても、震えが止まらなかった。

「先生……」

草太は何が起きたかさっぱり分からないらしく、部屋の隅でおろおろしている。

「ともかく、部屋を片づけますね。櫂様は、どうぞ別の部屋へ。熱はまだありますか?」

雪が落ち着いた声音で、櫂に言う。羅刹の大きな手が額にかかり、櫂は小さく首を振った。昨夜のような熱っぽさはない。

「ちょっと待って」

雑巾とビニール袋を持ってきて、櫂が吐いたものを片づけ始めた雪に、那都巳が声をかける。那都巳はしゃがんで吐しゃ物を確認すると、取り出したハンカチに固形物を拾い上げた。

「八百比丘尼の爪や骨だ。これがあれば、調伏がしやすい」

那都巳は目を輝かせて、拾ったものを大切にしまう。櫂は羅刹に抱き上げられ、別の部屋へ連れていかれた。

「吾がもっと早く気づいていれば……」

羅刹はぐったりした様子の櫂を見下ろし、歯ぎしりをする。空いている客間に布団を敷いて、櫂は疲労で横たわった。腕を怪我していなければ、八百比丘尼に抵抗する術はあっただろうか。いや――たとえ、健康体だったとしても、あの化生に敵うとは思えなかった。傍にいるだけで圧倒され、気を呑まれていた。相手はか弱そうに見える女性なのに。

敵わない、という意識を持つことは危険だ。意識によって自分が形成されているといっても過言ではないからだ。闘う前から櫂は八百比丘尼の支配下に置かれているも同然だ。これではまずい。

「八百比丘尼は……、何者なんだ」

　櫂は呻くように、呟いた。心配そうに布団の横に座り、櫂を見つめていた羅刹が櫂の髪を撫でる。

「俺にはあの尼さんが何を考えているか、分からない……。俺の常識とはかけ離れていて」

　部屋に羅刹と二人きりになったせいか、徐々に鼓動が落ち着いてきた。ここは安全だと肉体が理解して、精神もそれに追いついた。

　八百比丘尼の目的も意志も、櫂には到底理解できない。理解できないからこそ、余計に化け物に思える。自分の中で八百比丘尼に対する恐怖を高めている。これじゃいけないと分かっているのに、生理的な恐怖は拭えない。

「お前を――鬼にしようとしたのか。あの女は鬼が好きなのだろう」

　羅刹が低い声音で吐き捨てた。八百比丘尼も言っていた。鬼に犯され、鬼に喰われたいと。ぞくっとして、また震えが起こる。

「おい……」

　櫂の怯える姿に気づき、羅刹が屈み込んでくる。櫂は無意識のうちに羅刹に左手を伸ばした。羅刹が布団に手をついて、櫂の唇に自分の唇を重ねる。羅刹の唇が触れると、異様に甘く感じられ、思わず深く吸った。

「羅刹……、俺を抱きしめてくれ。怖いんだ、俺は……」

　伊織との再会から次々と恐ろしいことが起こり、無性に力強い腕が欲しかった。自分がすがっているものが鬼だと分かっていても、今はこの腕が一番安心する。

「どうしたのだ、おかしいぞ。それほどにあの女を恐れているのか？」

櫂の動揺した様に、羅刹が戸惑う。櫂がこんなふうに泣き言を言うのは初めてだからだろう。

櫂だって、自分がこんなにおかしくなるとは思ってもみなかった。伊織を殺すくらいなら、自分が死んだほうがいいと思っていた頃は、気づかなかったのだ。死よりも、恐ろしいことがあるなんて。

——もし、自分が鬼にされたら。

そう考えるだけで、たとえようもない恐怖に苛まれる。今まで自分が調伏していたもの、術で縛り上げてきたもの、倒して当然と思っていたものに、自分が成り代わるのだ。こんな恐怖があるだろうか。

「櫂様」

羅刹に抱き着いてじっとしていると、襖の向こうから雪の声がした。雪の声にすら、びくりと身体を揺らし、櫂は呼吸を速めた。

「少し落ち着かれましたか？　食事の支度ができていますので、よかったら……」

雪が労わるような声で話しかけてくる。そういえばもうすぐ昼時だというのに、何も食べていなかった。無理やり吐いたのだし、何か腹に入れたほうがいいだろう。それに羅刹も腹が減っているはずだ。

「ありがとう、今行く……」

燿は羅刹に抱き着いていた腕を解き、気を張って答えた。羅刹が案じるように燿の髪に触れる。大丈夫だとその手を握り、燿は起き上がった。

(そうだ、痛み止めも飲まなければ)

部屋を出て行く途中で気づき、燿は違和感を覚えた。熱っぽさもなければ、腕の痛みもまったくない。昨夜は薬を飲んでもあれほど痛みがあったのに、今は何も感じない。一晩でこうも痛みが消えるものだろうか？　前回大蛇の魔物につけられた傷は、しばらく燿を苦しめたのに。

頭の隅に何かが引っかかっていたが、燿は羅刹に支えられて居間に行った。那都巳と草太がテーブルについていて、先に食べ始めている。

「燿様、すみません。先ほど私、味噌汁をこぼしてしまって……」

雪は燿と羅刹の分のご飯や味噌汁を運んで、申し訳なさそうに言う。八百比丘尼の術で配膳の途中で意識を失ってしまったのだろう。すでに綺麗に拭きとられていて、気にならなかった。

「俺こそ、すみません。怖い思いをさせてしまって」

燿は羅刹に肩を借りながら、席に着いた。ここにいると雪にも危険が及ぶかもしれない。やはり、草太と雪はここにいないほうがいいかもしれない。

「吾の好きなから揚げがあるではないか」

羅刹は箸(はし)をとり、皿にたくさん積まれているから揚げを摘まんだ。ひょいと口に放り、美味しそうに咀嚼している。草太はから揚げと白米を交互に食べていて、すでに二杯目に突入だ。羅刹とどちらが多くから揚げを喰うか、数を競い合っている。那都巳は菜食主義というわけではないようで、雪の作った料理をまんべんなく食べている。和え物が美味いと褒めている。

　櫂を気遣っているのか、皆いつも通りに過ごしている。日常こそ自分には必要なものだと、櫂は食欲がなかったが、味噌汁を口にした。

（え……？）

　一口飲んで、その違和感に気づいた。

　まさか、と思い、サバの煮つけを箸で摘まみ、口に入れる。

　やはりだ。――味がない。

「う……」

　櫂は再び吐きそうになって、口を手で押さえた。雪がびっくりして駆け寄り、背中に手を当てる。

「味が感じられない……、砂を噛むよう、だ……」

　櫂は引き攣った声で、箸を落とした。薄味とかそういう類のものですらなかった。味噌汁を呑んでも、魚を食べても、無味無臭でとても呑み込めない。

　その場にいた全員が櫂に注目し、場が凍りつく。皆、何を言っているか分からないといった表情だ。

「……ふー。他に変化は？」

那都巳が大きくため息をこぼし、首を傾ける。櫂はおそるおそる自分の首筋に触れた。

「……痛みも、ない……」

昨夜怪我をした首筋には、七針縫った痕があるが、触っても痛くなかった。ギプスを嵌めた二の腕も叩いてみたが、同様に痛みはない。

「鬼には今のところなってないようだが、身体に変化があるようだね」

那都巳が沢庵を口の中に入れて、あっさりと言う。

すぐに吐き出したが、いくらかは吸収されてしまったということだろうか。櫂は血の気を失い、顔を手で覆った。

「俺は……どうなるんだ」

人間としての機能が失われているなんて、鬼じゃなくても、別の何かになってしまうというのだろうか。

「身体の痣は？」

羅刹が横から手を伸ばし、櫂の作務衣の襟を広げる。その時初めて気づいたのだが、首筋から心臓にめがけて伸びていた黒い痣が、薄くなっていた。消えかかっているといってもいいだろう。一体どうなっているのだろうと櫂は驚愕した。

「八百比丘尼の肉を喰えば鬼になると言っていたけれど……、これまで陰陽師が比丘尼の肉を喰ったことはないんじゃないかな。もしかしたら鬼ではなく、別のものになるのかも。比丘尼は鬼になると言ったのか？」

那都巳に聞かれ、櫂はあの場で八百比丘尼が発した言葉の一つ一つを反芻した。

「いや……比丘尼は鬼になるとは言っていない……」

羅刹に鬼に変化した時の記憶を思い出してもらったが、食べ物の味がしなかったことはないという。

「俺の仮説だけど——八百比丘尼は、自分と同じような存在を作りたいんじゃないか？」

那都巳が声を潜めて告げた。

八百比丘尼と同じ存在……？

「君は八百比丘尼の子孫らしいし、同じ血を持っていることで違う化学反応が起きているのかもしれない。八百比丘尼の肉を食べたら、不老不死の肉体になるとかね」

那都巳の仮説は別の意味で櫂をゾッとさせた。あの尼と同じ存在になるなんて、それこそ悪夢だ。鬼になるのも嫌だが、不老不死の肉体なんて、絶対にごめんだ。

「どうすればいい……？　俺は、どうなるんだ……」

すべては仮定でしかない。足元の地面が消えてしまったような感覚がずっと続いている。

櫂の問いに答えられる者はいなかった。目の前の味噌汁が冷めていくのを、櫂はじっと見ていることしかできなかった。

■六章　変化

羅刹の腕の中で目覚めると、櫂は重たい瞼を擦った。

昨日は食事をとることができず、身体の変化になかなか慣れなくて、客間に引きこもって寝ていた。丸一日何も食べていないのに、どういうわけか腹は空かない。精神的ショックが大きすぎたのが原因かもしれない。布団に横になっていたものの、ぜんぜん眠れず、見かねた羅刹が添い寝をしてくれた。

羅刹は櫂が怪我をしている時はあまり身体に触れたくないようだった。うっかり力加減を間違えて、怪我が悪化するのが嫌なのだろう。

「安心しろ。怪我が治らないということは、あの女と同じではない」

夏掛けの布団を櫂の首まで引き上げて、羅刹が言う。確かに八百比丘尼はどんな怪我もたちどころに治った。櫂の場合、痛みは消えたが、怪我が治ったわけではない。その言葉でかなり救われた思いになり、羅刹に寄り添って目を閉じた。

眠りは浅く、時々八百比丘尼を思い出して、びくりと跳ね起きた。そのたびに羅刹の大きな手が櫂の頭を撫で、安心させるように髪を梳く。

熟睡はできなかったが、いくらか惰眠を貪った。朝日の中で羅刹を見ると、気持ちよさそうに寝息を立てている。羅刹の傍にいると、妙に安心できた。こんな気持ちは生まれて初めてだ。羅刹を起こさないよう、そっと布団から抜け出した。

(このままじゃまずい。怪異の謎を解き、元の自分を取り戻すんだ)

昨日は立て続けに起きた出来事で憔悴していたが、早いうちに何とかしなければと気力を奮い立たせた。

(朝のお勤めをしよう。今こそ、神仏の加護を得る時だ)

櫂はそう決意し、洗面所に向かった。顔を洗い、慣れない左手で歯を磨く。右腕が自由だったら朝風呂に入りたいところだが、今はこれで我慢するしかない。さっぱりすると、いつものように不動明王像の置かれている部屋に行こうとした。

「え……っ」

部屋の前で櫂は、立ちすくんだ。異様な恐怖を感じて、引き戸を開けることができなくなっていたのだ。自分でも訳が分からない。引き戸の先にあるものが怖くて、足が動かない。

まさかと思い、櫂は廊下を引き返して、神棚が置かれている部屋に入った。すると先ほどと同じように、足がすくみ、神棚の前に行けなくなった。

(何だ、これは……?)

廊下で立ち尽くしていると、客間から那都巳が姿を現し、櫂に近づいてきた。櫂は那都巳の気配にびくりと後ずさり、廊下の柱に背中をぶつけた。

つい昨日まで親しく口をきいていたはずの那都巳が、今は無性に嫌になっていた。近づくと息苦しくなる香の匂いがして、気分が悪い。そんな櫂の嫌悪を那都巳は敏感に察した。じっと櫂を見つめながら近づいてくる。那都巳は青いポロシャツにスラックスというラフな格好だ。

「俺が怖い？」

櫂の驚愕の眼差しを確認して、那都巳が二メートル先で立ち止まる。

「神棚に手も合わせられないのか。かなり重症だな」

那都巳は櫂が祝詞を上げられなかったのを見ていたらしく、憐れむような目つきだ。櫂はじっとりと冷や汗を流し、息を喘がせた。

「何故だ……、怖くて入れない」

櫂が呻くように言うと、那都巳が腕組みしてため息をこぼす。

「変容はどんどん進んでいくね。君はもう陰陽師じゃない。術を発動しても、神仏の力を借りられないだろう」

那都巳に予言めいた指摘をされ、櫂は息を呑んだ。陰陽師じゃないと言われ、息ができなくなるほどショックを受けた。そんなはずないと神棚がある部屋に入ろうとしたが、どうしても足が動かない。

（嘘だ、そんな馬鹿な！　クソ……ッ、動け、動け）

左手で足を叩き、無理にでも動かそうとした。だが身体は正直で、一歩近づけるだけで恐怖に支配される。小さい頃から陰陽師になること以外、考えたことはない。それを奪われたらどうやって生きていけばいいのだ――。

「俺が視たところ……、鬼になるか、八百比丘尼のような存在になるか、今はその瀬戸際ってところかな」

那都巳が目を細めて櫂を見つめ、残酷な発言をする。

「助けてくれ……、俺は……、鬼にも、八百比丘尼にもなりたくない……」

櫂はその場に膝をつき、絞り出すように言った。このまま何もせずに過ごしたら、いずれ自分は人以外の何かになってしまう。那都巳に助けを乞うのは嫌だったが、今はすがるしかなかった。傍にいると恐ろしくなるのは、那都巳が強い霊力を持った陰陽師だからだ。自分の心臓を握られている感覚――自分が相対してきた物の怪たちはこんな気持ちだったのだろうか。

「この痣が消えたら……、俺は違うものになってしまうのだろう？　何か手はないか？　何でもするから……っ」

櫂は着ていた作務衣の襟を広げ、自分の身体に薄く残った黒い痣を露わにした。あれほど消えてほしいと願っていた呪いの痣は、今や櫂を人間たらしめる証に変わっていた。

「残念ながら、元に戻す方法は俺も知らない。霊的存在に語りかけても、何も返事がない」

頭を下げる櫂を見下ろし、那都巳が素っ気ない口調で言った。櫂が絶望的な表情で顔を上げると、わずかに眉を下げる。

「だが不動明王を恐れるなら、邪気加持といった呪法が利くかもしれない。それにしても恐ろしいね。八百比丘尼の肉は、わずかでも口に入れれば、人を変容させてしまうのか……。不老不死の肉体とはそれほどすごいものなのか。興味はあるが……」

那都巳は顎を撫で、小さく笑う。

「俺の知り合いの寺を紹介しよう。そこの住職は、八百比丘尼を知っている。俺が何度聞いてもくわしい話は教えてくれなかったが、君の今の状態を言えば力になってくれるんじゃないか」

那都巳は手帳を切り取って、寺の名前と住職の名前を書き込んで櫂に渡す。神奈川にある炎咒寺と書かれている。初めて聞く寺の名前だ。炎咒——八百比丘尼は羅刹のことを炎咒と呼んでいた。偶然だろうか？

「お前がやってくれないのか……？　金ならいくらでも出す」

那都巳の力はよく知っているので、那都巳に加持祈禱をしてもらいたかった。櫂のがっかりした様子に那都巳は肩をすくめた。

「俺は、絶対に祓えると思った時しか、加持祈禱は行わない。君のそれは、失敗した時に自分に降りかかるから嫌だね」

さらりと突き放され、怒りとも悲しみともつかないものに襲われた。那都巳とは友達というわけではない。勝手に押しかけて八百比丘尼と会いたいから居座らせろと言ってきただけの男だ。それでも一緒に過ごすうちに、櫂のほうは情が湧いていた。同じ陰陽師として、助けてくれるのではないかと期待していた。

「……出て行ってくれ」

櫂は渡されたメモを握りしめて、苛立ちを込めて吐き出した。利用されるだけなら、居座らせる理由はない。少しでも友情を期待した自分が馬鹿だった。

「お前がいると、居心地が悪いんだ」

櫂が悪し様に告げると、那都巳はしばらく櫂の悄然とした姿を眺め、くるりと背中を向けた。

那都巳は指を鳴らして、式神を呼ぶ。

「お前ら、帰るぞ」

淡々とした口ぶりで、那都巳が式神を従える。櫂がどれほど不機嫌な声を出しても、那都巳はいつも通り平然とした態度だ。それが無性に腹立たしくて、櫂は渡されたメモ書きを廊下の隅に放り投げた。惨めな気分だ。

那都巳は部屋に戻り荷物をまとめると、再び櫂の前に進み出た。何を言うのかと身構えたが、那都巳はその場に座り込んだままの櫂を無言で見下ろしている。しぶしぶ顔を上げると、那都巳は小さく笑った。

「君は嫌がっているみたいだけど、不老不死になったら、鬼君と一緒にいられるんじゃないのか？」

那都巳の言葉に櫂は反射的に、顔を歪めた。不老不死になったら、羅刹と一緒にいられる――。そんな発想は思い描きもしなかった。

「別に人間でいるのが最上とも俺は思わないけどね」

那都巳はそう呟いて、背中を向けると、静かな足取りで家を出て行った。数分後には車が走り去る音が聞こえる。

那都巳の車の音を聞きつけ、雪が廊下に出てきたが、櫂は何も言わず立ち上がった。うつむきながら部屋に戻ろうとすると、いつの間にか羅刹が廊下の角にいて、あぐらをかいている。櫂と那都巳の会話を聞いていたらしい。

「いいのか？」

羅刹に手を引かれ、櫂は別の意味でどきりとした。羅刹に触れられて、安心する自分がいたのだ。神仏に近づくと惧れを抱くくせに、羅刹という鬼に触れられて安心している。自分は確かに禍々しいものに近づいている。

「櫂様、これ……」

無言で櫂が立ち尽くしていると、雪が廊下の隅に捨てたメモ書きを拾ってきて櫂の手に握らせた。

「私が車を運転しますから、行ってみませんか？」

雪は櫂を労わるように言う。櫂の腕がこの状態では車の運転などできないだろうと、気を回してくれたのだ。那都巳の素っ気ない態度に比べ、雪の優しさが身に染みた。

「雪さん……」

櫂はメモ書きを握りしめて、唇を噛んだ。

「ね？　朝食を食べたら、出かけましょう。ここにじっとしていても、いいことないですよ」

雪は櫂のメモを握りしめた手を両手で包み込み、優しく微笑みかける。櫂は小さく頷いて雪を見つめた。

「ありがとう。俺がノンケだったら絶対惚れてる……」

つい馬鹿な一言が口をついて出て、雪を苦笑させた。

「聞き捨てならないな」

羅刹がのっそりと起き上がり、雪に見せつけるように櫂の肩に腕を回した。雪が笑顔になって、ごはんの支度をすると廊下を去っていった。櫂もその後を追おうとしたが、ふいに羅刹に引き留められ、振り返った。

「……鬼になるのは、どうしても嫌か？」

羅刹の大きな手が櫂の左手をしっかりと捕まえる。いつになく真剣な様子で聞かれ、櫂は戸惑いを隠しきれなかった。何を当たり前の話をしているんだと、もう少しで口から出そうになった。那都巳の台詞を羅刹も聞いていたのだろう。人ではないものに変われば、この先もずっと一緒にいられると。

「不老不死……、鬼……、どちらでもいい。そうすれば、お前は吾と同じ長さで生きていけるのではないか……?」

瞳を覗き込むようにして言われ、櫂は胸が苦しくなった。

那都巳や羅刹の言う通り――人の身では、いずれ羅刹とは終わりが来る。鬼の寿命は長く、羅刹はこの先もまだまだ生きていくのだ。むろん同じ物の怪に殺されたり、高僧に調伏されたりという可能性はあるが、基本的に人とは生きる長さが違う。

もしこのまま変容が進めば、櫂は羅刹と同じ時を生きる存在になるかもしれない。

「俺は……駄目だ。そうなったら、俺は俺でなくなってしまうんだ……」

櫂は羅刹の目を見ていられなくて、うつむいて言った。

羅刹を好いているし、鬼とはいえ心を通わせた相手だが、この状態を是とは言えなかった。たとえ長く生きられようと、鬼になったり、八百比丘尼のような存在になってしまったりしたら、きっと絶望して羅刹と良好な関係を保てない。

人でいること――人の営みを繰り返すこと、それは櫂にとって絶対条件だ。陰陽師ではない自分を受け入れられないように、鬼になったら、死を乞うだろう。

「どういう意味だ? 吾には分からぬ……」

羅刹は櫂の複雑な感情が理解できないようで、駄々っ子のように櫂を抱き寄せた。羅刹の胸に抱かれると、安堵感に包まれる。鬼の匂いをこれほどいいものと思ったのは初めてだ。そんな自分に吐き気を覚えるのに。

「羅刹、俺は……」

この気持ちをどう言えば理解してもらえるのかと、櫂は口ごもった。

自分は人間でいたいのだと痛切に感じた。人として生まれた以上、人として死んでいきたい。そんな当たり前の出来事が覆る日がこようとは夢にも思わなかった。

(俺は鬼を疎んでいるのか？　鬼になる自分は耐えられないというのはそういう意味か？　人間賛歌か？　分からない)

羅刹の問いは、櫂にさまざまな問題を突きつけてきた。

櫂は答えを口にできないまま、羅刹の背中に腕を回した。しっかりとした肉体がそこにあるのを感じ、言い知れぬ不安を抱いていた。

用意された朝食は焼き魚に大根の煮物、納豆や卵焼きだった。羅刹も草太も朝からご飯をお替わりするくらい食べていたが、櫂は少量を口にするだけで精一杯だった。無味無臭のものが、これほど食べづらいとは思わなかった。食べなければ栄養失調になってしまうので、無理やりでも口に入れなければならない。せっかく雪が作ってくれたから腹に収めたかったが、吐き気との闘いでほとんど残してしまった。

食事の後、出かける支度をすると、案の定草太も行くと言い出した。

「俺だって役に立つって証明するから！」

行き先が寺なので、鬼である草太が役に立つ場面はまずありえないのだが、ぎゃーぎゃーうるさいので仕方なく一緒に行くことにした。暗くなりがちな気分を紛らわせてくれる草太の存在に、いくらか助かっているという面もあった。

神奈川にある炎咒寺についてネットで検索してみたが、ほとんどヒットせず、知る人のみ知る特別な寺と書かれている。海沿いにあるらしく、住所を知らなかったら辿り着けなかっただろう。雪の運転は助手席にいる櫂がハラハラするほど安全運転で、高速でもスピードを上げないという徹底ぶりだ。後部席にいる羅刹と草太はすぐに寝てしまい、後ろから寝息が聞こえてくる。

「めったに運転しないもので、すみません」

雪はしっかりとハンドルを握りしめながら、前のめりで運転している。速度が遅すぎるという自覚はあるらしい。

屋敷を出てから三時間が経過し、国道１３４号線に入ると、お馴染みの渋滞に引っかかってしまった。海沿いのドライブコースを堪能し、逗子にある炎咒寺についた。近くの駐車場に車を停め、ようやく外に出た。雪は慣れない運転にぐったりしている。

日差しは強く、半そでのシャツを着ていると剝き出しの左腕がじりじりと焼けていくのが分かる。右腕はギプスと包帯で固定しているので、両腕の焼け具合が違うという羽目になりそうだ。車から降りてきた羅刹と草太も、暑そうに日差しを手で避けている。二人とも人間の姿に変化していて、羅刹は黒いTシャツに黒いジーンズという姿、草太は白いTシャツに青いジーンズだ。雪は白いワンピースを着ていて、日傘を差している。

「お前たちはここで待機していろ」

櫂と共に歩き出そうとした羅刹と草太に気づき、慌てて手で制す。祭りの日なら神仏も気を弛めて黙認してくれることもあるが、平日の今日はまず入れてくれないだろう。よほど荒廃している寺なら大丈夫だが、那都巳が紹介した寺だ。鬼を伴っていくのは危険だ。

「俺、半分人間だから大丈夫だよ！」

草太は陽気な口調で胸を叩く。

「吾はお前の護衛だ。行けるところまで行く」

羅刹は頑として拒否する構えだ。本当に平気かと内心恐々としながら、雪と並んで歩き出した。スマホのナビを見ながら進むと、裏通りの細い道に竹林があって四脚門が現れる。竹垣で囲われた敷地内には立派なお堂があった。近づいたとたんに目には見えないが大きな重圧を感じて、足がすくんでしまった。それは羅刹と草太も同じだったようで、足が止まる。

「ネットに載ってないわりに、かなりしっかりした寺じゃないか……。密教系か？　今の俺じゃ、近づき難い」

櫂は震える身体を厭いながら言った。聞いたことのない寺だったので、てっきり小さな寺かと思っていたが、敷地の外にまで神気が漏れているくらい、霊験あらたかだ。以前の自分ならそれを心地いいと思うはずなのに、今はそれに怯えているのが情けない。正直に言えば、回れ右して帰りたい。

「ううー。ここ、怖いよう」

草太は出がけの勢いは完全に消え去ったのか、ガタガタ震えている。

「すごい重圧だ。眷属が目を光らせている」

羅刹は門のところに何か視えるらしく、眉を顰めている。この寺の神仏に従う何かがいるようだが、今の櫂には何も分からなかった。そんな自分に不甲斐なさを覚え、ぐっと唇を噛みしめる。ここまで来て帰るわけにはいかないので、意を決して扉を開けようとした。だが、扉は硬く閉ざされている。

「インターホンがあります」

雪が目ざとく見つけて、呼び鈴を鳴らした。ややあって、男の声で『はい』と応答がある。

「あの、私氷室という者ですが、ご住職にお会いしたいのですが……」

　櫂が緊張しつつ言うと、インターホンの向こう側で戸惑っている気配がある。何となく断られそうな雰囲気を感じ、櫂はなおも言い募る。

「安倍那都巳さんに紹介してもらったんです。八百比丘尼の件で、話があるとお伝え下さい」

　櫂がまくしたてるように言うと、ざわめきがかすかに聞こえてくる。

『……今、そちらに参ります』

　しばらくしてそんな返答があり、櫂はホッとしてその場で待った。
　二、三分すると黒い法衣姿の中年の僧侶が扉を開けて出てきた。僧侶は櫂と後ろにいる羅刹、草太を見て険しい表情になる。霊力を持った僧侶で、羅刹たちの正体をいち早く見抜いたようだ。
「中へ入れますか？」

　僧侶に聞かれ、櫂は暗雲たる表情でうつむいた。僧侶は「入るか」ではなく「入れるか」と尋ねた。櫂たちが神仏を恐れているのを察している。

「俺と彼女だけなら、何とか」

　櫂は雪のほうに軽く手を伸ばし、言った。惧れはあるが、我慢すれば入れないことはない。羅刹と草太はこの場に置いていくつもりだった。

「ではこの場でお話を。住職は二週間前からお堂にこもり、誰とも会わないという修行の最中です。この後も三週間ほどこもりきりになるので、面会はできません」

僧侶に静かな口調で言われ、櫂は呆然とした。まさに今、荒行の最中だったとは。何て運が悪いのだろうと目の前が暗くなった。

「ですが住職から、その間に八百比丘尼について尋ねる人が現れるかもしれないから、これを渡せと言付かっております」

僧侶は懐から一枚の和紙を取り出して、櫂に手渡した。まさか櫂が来るのが分かっていたのか？　だとしたらよほど力のある僧だ。櫂は困惑気味に和紙を広げた。

和紙には『邪気加持を十日間、不眠不休で』とだけ書かれている。これは——櫂の問いへの返事だろうか？　これをすれば、この身体の異変は治る？　邪気加持が効くのではないかと那都巳も言っていた。

「ありがとうございます……」

櫂は和紙を大切に畳んで、僧侶に礼を言った。八百比丘尼について何か知っていることがないか聞いてみたが、その件については住職以外知らないと言われた。

重ねて礼を言って、櫂は羅刹たちと車に戻った。それほど長く放置したわけではないのに、車内は蒸し暑くなっている。クーラーを効かせ、こもった空気を冷ます。

「櫂様、それをすればよい方向へ向かうのですね？」

車に乗り込んだ雪が期待を込めた眼差しで聞く。助手席に座った櫂は、もう一度和紙を取り出して、顔を曇らせた。

「ええ……多分。けれど……」

　櫂が浮かない顔つきなのに気づき、羅刹が後部席から身を乗り出してくる。

「はっきり言え。何だ？」

　羅刹に睨まれ、草太に不安そうに覗き込まれる。

「……問題はこれをやってくれる人がいるかどうか」

　櫂が両手を上げて喜べなかったのは、思ったより労力のいる作業だったからだ。邪気加持自体も修験道の呪法で、僧侶なら誰でもできるしろものではない。しかも十日間、不眠不休でやらねばならないなんて、ハードルが高すぎる。自分でやれれば問題なかったが、この身体で一人で行うのは不可能に近い。頼りになる那都巳は追い出してしまった。

「千寿にやらせればよいではないか」

　何も知らぬ羅刹が言う。

「あいつには無理だ。密教系の修行をした坊さんじゃないと」

　櫂がため息をこぼすと、車の中がしんとなった。櫂は慌てて和紙をポケットにしまい、シートベルトを締めた。

「ここまで引っ張って悪い。とりあえず、帰ろう。また渋滞に巻き込まれるからな」

　無理に笑顔を作り、櫂は雪に車を出すよう促した。せっかくここまで来たのだから、生しらすを買っていこうと言い、生しらすの美味しい店に寄り道して購入して帰った。

ゆっくりと流れる景色を眺めながら、心は落ち着かなかった。八百比丘尼を知っているという住職と会えなかった時点で、自分の運命が断たれた気がしたのだ。刻一刻と変化するこの身体はいつまで人間でいられるだろうか？　それに——重要なことに気づいてしまった。あと二週間もすれば、満月の夜がやってくる。

満月の夜には、百鬼夜行が櫂の血肉を求めてやってくる。今の櫂にはそれを迎え撃つ手段がない。この腕では満足に印も組めないし、たとえ二週間後に回復していたとしても、神仏を畏れるようになった自分に術など使えるわけがない。

（詰んだ……）

今の状況を理解するにつれ、苦笑いがこぼれる。これほど八方ふさがりになるとは想像もしていなかった。あと二カ月ほどで寿命が尽きると思い込んでいた頃が懐かしい。

日が暮れる頃に屋敷に辿り着き、慣れない運転をしてくれた雪をねぎらった。

夕食は生しらす丼が食卓に並んだ。櫂はとても食べられそうになかったので、ゼリー状の栄養補助食品を咽に流し込んだ。食事の時間が苦行になっている。一日一食食べられたらいいほうで、体重が日に日に落ちていくのが分かる。自分は食べられないが、美味しそうにもりもり食べている羅刹や草太の顔を見るのは気持ちよかった。

『速報です。この裏山から、バラバラ死体が発見されたもようです』

何気なくかけていたテレビから、ニュース速報が流れる。ハッとして画面を食い入るように見た。現場は県内の近い場所だ。

「……」

櫂が気難しい表情でニュースを見ていると、羅刹が気づいて眉根を寄せた。

「伊織の仕業か」

羅刹も気づいたようだ。ここ数カ月に起きた事件と似ていることに。おそらく伊織がまた人を喰ったのだろう。発見された部分は手首や足のみで、鬼の好まぬ場所だ。

伊織の仕業だと分かっても、今の櫂には何もできない。現場を見ても何も気づけないだろうし、手も打てない。それに歯がゆさと悔しさを覚えた。伊織が罪を重ねていくのを、黙って見ているしかできない。

——だが、それでいいのだろうか？　伊織がこうなったのは自分に責任があるのではないか？　それを放置して、何もできないからと目を背けているのは違うのではないか？

(俺は……俺は、何かしなければならない。伊織をこのまま人喰い鬼として世に放ったままでは駄目だ！)

強くそう思ったものの、どうすればいいかは思い浮かばなかった。もどかしく、暗いトンネルに閉じ込められた気分だ。どこかに光があるはずなのに、今の自分にはそれが見つけられない。

「テレビ、消しましょうね」

耀を気遣った雪がテレビを消して、しらすをテーブルにこぼしている草太を叱っている。耀は物憂げにそれらを眺め、黙っていた。

ひたひたと近づく足音がする。

暗闇の中、それに気づいているのに起き上がることができない。自分は布団に突っ伏して寝ている。手足が異様に重く、金縛りに遭っているみたいに動かなかった。

廊下を足袋で滑る音がする。それが誰だか気づいて逃げ出さなければと思っているのに、身体が自由にならない。早くこの場から立ち去らねばと焦りは募る一方だ。

ふっと耳元に吐息がかかった。

――早く堕ちてきて。

甘ったるい女性の声が耳朶をくすぐる。とたんにぞくぞくと得体の知れない恐怖に襲われた。軽やかな女性の笑い声、全身を撫で回す白く細い指、柔らかな女性の身体が背中から覆い被さってくる。

――私の肉を、食べなさい。

全身を震わせる台詞に、耀は悲鳴を上げて飛び起きた。

目を開けて部屋を見回すと、見慣れた客間だった。布団には櫂だけが寝ていて、障子のところに着物姿の羅刹がもたれかかって座っている。

「……」

羅刹は座りながら寝ていたらしく、櫂の悲鳴で眠そうな目を擦り、四つん這いでにじり寄ってきた。櫂はまだ鼓動が激しく鳴っていて、布団の上で顔を強張らせていた。八百比丘尼の悪夢で目が覚めたのはこれで何度目だろう。完全に恐怖の象徴として、心の深い部分に植えつけられてしまっている。

「誰も来ていない。大丈夫だ」

羅刹が長い腕を伸ばし、櫂を抱き寄せる。枕もとにランタンの明かりがあるだけの、薄暗い部屋だ。櫂は青ざめたまま、羅刹にしがみついた。この腕の中だけが、今は安心できる場所だった。八百比丘尼の悪夢を見たせいか、全身に嫌な汗を掻いている。

「ちょっと……ごめん」

ふと何かの違和感に気づき、櫂は羅刹の胸を押し返した。左手で怪我をしている首筋に触れる。痛みがないから気づかなかったが——。

「鏡、あるか……?」

櫂はうろたえて立ち上がり、客間に置かれていた箪笥の引き出しを探った。羅刹は何事かと櫂を目で追う。箪笥は亡き祖母の持ち物で、捨てられない着物や古道具が入っている。その中に手鏡を見つけ、櫂はランタンの明かりを引き寄せ、自分の作務衣の襟を広げ、傷口を見た。

「治って……る」

櫂は鏡に映し出された自分の身体を凝視して、唇をわななかせた。七針縫った怪我が、今や綺麗に閉じていた。何事もなかったように。糸だけが無意味に残っている。

「何……？」

羅刹もようやく櫂の動揺に気づき、真剣な表情で近づいてくる。櫂は羅刹に右腕の包帯とギプスを外すよう訴えた。羅刹は戸惑いつつ、櫂の腕のギプスを外していく。はらはらと包帯が解け、櫂は己の右腕を見た。

二の腕は伊織に砕かれたはずだった。けれど今は怪我をした形跡はなく、自由に腕が動かせる。たかだか数日前の出来事だった。全治三カ月と言われた怪我だ。それが――ほんの数日で治ってしまった。

「まるで……八百比丘尼だな」

櫂は自嘲(じちょう)気味に吐き出した。もう自分は本当に人間ではないのかもしれない。こんなふうに大怪我が治り、えぐられた肉が修復される。何を食べても砂を嚙むようだし、人間らしさが失われた。八百比丘尼もこんな状態なのだろうか？　不老不死というだけでなく、何を食しても味がしないのか。だとしたら――とてつもなく苦しい人生だ。櫂には正気を保っていられない。

「なぁ、羅刹。抱いてくれないか」

無言で自分を見つめている羅刹に、櫂は虚しさを振り払うように抱きついた。怪我をしているからと羅刹は一緒の部屋にいても櫂に手を出してこなかった。けれど今や無意味だ。櫂の身体を気遣う必要はない。それよりも生きている感覚を味わいたかった。羅刹に抱かれても何も感じなくなっていたら、本当に今度こそ終わりだ。

「……お前」

羅刹は何か言いたげに櫂の頬を撫でた。櫂が強引に唇をふさぐと羅刹の腕が腰に回り、布団に押し倒される。櫂が口を開けて舌を差し出すと、羅刹の唇が開き、舌が絡みついてくる。ぞくりと甘い感覚が押し寄せて、櫂は目を見開いた。

「お前の唇……味がする」

櫂は夢中で羅刹の舌を吸って言った。あれほどどんな食べ物を食べても味がしなかったのに、羅刹とのキスは味がするのだ。それが嬉しくて、櫂は羅刹に抱き着いて唇を貪った。

「そうがっつくな……」

羅刹の大きな手が櫂の髪を掻き乱し、腰が密着する。吐息が熱く交わり、櫂はもしやと思い、羅刹の腰に手を伸ばした。

「はぁ……、羅刹。舐めさせて」

羅刹の着物を広げ、櫂は身体をずらしてねだった。羅刹が濡れた唇を拭い、布団に座り込むと、櫂はその下腹部に顔を近づけた。着物をはだけ、羅刹の性器を手で支える。着物を着ている時は羅刹は下着をつけていないので、すぐに目当ての一物を頬張ることができた。

羅刹の下腹部はまだ半勃ちで、櫂が舌を這わせると、それに呼応して硬度を持った。手で竿の部分を扱きながら先端を口に含む。羅刹が気持ちよさそうな息をこぼして、櫂の髪を撫でる。

「ん、む……、はぁ……、はぁ……」

羅刹は人間の姿だったので、性器もかろうじて口に含むことができた。とはいえ、全部を飲み込むのは到底無理で、先の部分だけ顔を上下して刺激する。

「やっぱり……味がする」

先端を吸うようにして愛撫を施していた櫂は、目を輝かせて言った。羅刹の先走りの汁は、味がするのだ。それが不味かろうと無味無臭よりは百倍よかった。櫂は夢中になって、羅刹の性器を舐め回した。

「は……っ、う、……っ、そんなに美味そうにするな」

うっとりとした目で羅刹の性器を口で扱く櫂を見下ろし、羅刹が痛みを堪えるような顔になる。櫂の手の中で羅刹の性器は怒張し、脈を打っている。興奮して櫂が舌先で先端の穴を突くと、時おり羅刹の腰がひくりと揺れる。

「尻を出せ」

自分だけがされるのは嫌だったのか、羅刹が息を荒らげながら、櫂の腰を引き寄せる。櫂は一度羅刹の性器から顔を離すと、着ていた衣服をすべて脱ぎ去った。羅刹が布団に横たわり、シックスナインの体位で櫂が跨る。

「ん、んん……っ」

羅刹の大きな手で尻を引き寄せられ、容赦なく尻穴を舐め回される。敏感な場所を舌でこじ開けるようにされて、櫂は思わず鼻にかかった声を上げた。

「セックスは……感じるんだな、不思議だ」

羅刹の勃起した性器に頬ずりして、櫂は呟いた。八百比丘尼の肉を無理やり食べさせられてから、感覚がおかしくなっていた。痛みをまったく感じなくなっていたし、食べ物も味がしなかった。思えばそれ以外の感覚も鈍くなっていたようだ。今、羅刹に尻を舐め回され、忘れていた感覚が戻ってきた。

「指を入れるぞ」

羅刹がべとべとになった尻穴に指を突っ込んでくる。羅刹の長く太い指で内壁を掻き回され、櫂は気持ちよくて、とろんとした。

「感じる……、お前のここも美味しい」

櫂は行為に没頭して、羅刹の性器を吸ったり舐めたりした。羅刹は内壁を広げるような動きで指を動かしている。すぐに二本目の指が入ってきて、尻穴を掻き回す。

「あ……っ」

羅刹の指が前立腺を擦り上げ、櫂は腰を跳ね上げるようにした。自分の身体が反応するのが嬉しくて、羅刹の性器を濡れた手で扱き上げる。

「羅刹、飲ませて……。お前の精液が飲みたい……」

　櫂は強く性器の先端を吸い上げ、ねだるように言った。羅刹の呼吸が荒くなり、性器がひときわ大きくなる。もう少しで達しそうだと思い、櫂は羅刹の性器を手で支えながら深く口に含んだ。顔を何度も上下していると、羅刹の身体に力が加わった。

「く……っ」

　櫂の口の動きに我慢できなくなったのか、羅刹が咽の奥まで腰を突き上げてきた。激しく何度も怒張した性器を突き立てられて、涙が滲む。やがて口の中で性器が大きく脈打ち、口の中に大量の精液が吐き出された。

「うく……っ、ん……っ、はぁ……っ、はぁ……っ」

　櫂は羅刹の精液を嚥下し、紅潮した頬で呼吸を繰り返した。たくさん口に出されて、とても全部を飲み切ることはできなかった。こぼれた精液を舌で舐め、櫂は熱い吐息をこぼした。

「お前の精液……美味しい」

　羅刹の精液は独特な味がした。酒の匂いがするせいか、酒に似たような味にも思えてきた。不思議だ。どんな食べ物も無味無臭だったのに、どうして羅刹の精液だけ味がするのだろう。

（俺は鬼になるのかな。だから羅刹の精液だけ特別に感じる……？）

　理由は不明だが、今はこれを堪能したかった。名残惜し気に櫂が羅刹の性器をしゃぶっていると、興奮したように羅刹が跳ね起き、櫂に覆い被さってきた。

「ん……っ、ん」

櫂の口元に吸いつき、羅刹が上半身を撫で回す。櫂の乳首をぴんぴんと指で弾き、濡れた唇を音を立てて吸う。

「そう煽るな」

羅刹は乱れた息遣いで囁き、唇をずらして首筋や鎖骨に痕をつけてくる。強く肌を吸われて、身体が高揚する。羅刹は櫂の乳首を口に含み、舌先で舐るように刺激する。片方の乳首は指で摘ままれ、見せつけるみたいに引っ張られた。

「あ……っ、ひ、ぁ……っ、気持ちいい」

両方の乳首を絶えず擦られ、櫂は腰をもじもじとした。櫂の下腹部はとっくに反り返っていて、しとどに濡れている。重なっている羅刹の腹に押しつけ、息を乱す。

「女のように、ここで感じるな」

羅刹が乳首を甘く歯で噛み、引っ張る。そうされるとぞくりとした甘い電流が背筋を這い、先走りの汁がこぼれる。硬くしこった乳首は、羅刹の口や手でくりくりと擦られ、いっそう尖る。

「ここだけで気を遣りそうではないか」

からかうような口調で、乳首を摘まんだままぎゅーっと引っ張られた。そんな強めの刺激にも感じてしまい、櫂は四肢をぴんとさせた。

「やっ、あっ、あっ、いい、すごく感じる……っ」

執拗に乳首を弄られ、櫂は布団の上で身悶えた。羅刹が上半身を起こし、片方の乳首を摘まみながら、尻の穴に指を入れる。

「ひゃ、あ……っ、両方、駄目……っ、あ……っ、ひん……っ」

尻の奥と乳首を同時に弄られ、腰が跳ね上がってしまう。性器にはほとんど触れていないのに、もうびしょびしょに濡れている。

「ここを突くと、すぐにイってしまうな……？」

羅刹の指で前立腺をとんとんと突かれ、櫂は嬌声を上げた。無意識のうちに両足を広げ、快楽を拾い上げようとつま先がぴんと伸びる。かと思えば感じすぎて両足が揺れてしまい、ひたすら喘ぎ声をこぼした。

「……っ、あ、あ……っ、も、駄目……っ、イく、イっちゃ、う……っ」

ぐねぐねと乳首を弄られ、櫂は真っ赤になって背中を反らした。すると羅刹が指を引き抜き、櫂の腰を持ち上げる。

「まだ達くな。吾の一物を感じてからにしろ」

そう言うなり、狭かった尻穴に硬さを取り戻した羅刹の性器が押し当てられる。硬くて熱くて太いものの先端が、ぐぐっと内部にめり込んできた。かすかに痛みを感じ、それがひどく興奮した。何も感じないより、痛みでも感じていたほうが生きている実感がする。

「ひ、は……っ、は……っ」

両足を胸に押しつけられ、羅刹の性器がゆっくりと内部に押し込まれていく。その熱さに息をするので精一杯で、櫂は布団をぐしゃぐしゃにした。

「ひあああ……っ‼」

羅刹の性器がずんと奥まで入れられると、櫂は溜めていた快楽が一気に吐き出されて、甲高い声を上げげて射精した。

「入れただけでイったのか」

櫂の足首を摑(つか)みながら、羅刹が汗ばんだ顔で笑う。その目つきが獣のようで、櫂はひくひくと震えながら精液を吐き出していた。腹の中に羅刹の性器がある。それは熱くて気持ちよくて、思考を妨げる。羅刹は馴染ませるように深い奥まで性器を入れると、屈(かが)み込んで櫂の唇を吸った。胸を上下させながら呼吸を繰り返していた櫂は、汗ばんだ身体で抱き着いた。

「ひ……っ、は……っ、はー……っ、はー……っ」

生理的な涙を流しながら、羅刹の唇を吸う。全身で快楽を感じていた。羅刹は動いていないのに、無意識のうちに咥(くわ)え込んだ内壁が収縮してしまう。羅刹の性器を愛しいと思い、深い快楽を与えるそれを怖いと思った。

「あ……っ、ひ、は……っ、ひゃ、ぁ……っ」

羅刹が内部に性器が馴染んだのを察し、腰を律動すると、櫂の喘ぎは大きくなった。あまり大きな声を出すと、雪や草太に聞かれてしまうと分かっていたが、それでも我慢できなくなるくらい気持ちよくて勝手に声があふれ出た。

「いいのか？　とろんとした顔をしている……」

羅刹が腰を揺らし、櫂の目尻の涙を舌で舐める。

「い、いい……、気持ちいい……っ、もっと突いて……っ」

先ほど達したばかりだったが、羅刹が内部で動くたびに甘い感覚に包まれて、両足を羅刹の腰に絡みつけていた。羅刹の性器は大きくて、苦しいくらいだ。それが敏感な奥を揺さぶると、息が乱れてみっともなく口が開く。

「お前のその声……、興奮して乱暴にしそうになる」

羅刹は櫂の口の中に指を入れて、口内を探って言う。羅刹の指が上顎や歯列を撫で回す。思わずその指に舌を絡ませ、吸うようにした。すると羅刹が目を細め、上半身を起こす。

「乱暴にして、いい、から……っ。ひ、ぃ、あ……っ、あ……っ、あう……っ」

櫂がそう言うと、羅刹は櫂の腰を抱え込み、激しく腰を突き上げてきた。肉を打つ音が室内に響き渡り、奥へ奥へと羅刹の性器が入り込んでくる。何度も穿（うが）たれているうちに櫂は二度目の絶頂に達し、白濁した液体を自分の腹にぶちまけた。

「ひ……っ、あ……っ、ま、って、動か、ない、で……っ」

射精している間も容赦なく突かれ、引き攣れた声で身体をずらした。強い快楽に身体が逃げようとすると、それを逆にしっかりと押さえつけられ、ひどく奥まで犯される。

「無理、無理……っ、そんな奥、こわ、い……っ、やぁ……っ」

いつの間にか羅刹の長い性器が根元まで押し込まれていて、櫂は悲鳴じみた嬌声を上げた。人間の姿とはいえ、羅刹の性器が腹を突き破って出てきてしまいそうで、怖くて涙が出る。その声に煽られたのか、羅刹の腰が大きく震え、鬼の姿に戻った。

「ひあああ……っ‼」

鬼に戻った羅刹の性器は、とても受け入れられるものではなく、櫂は泣きながら痙攣した。羅刹が獣じみた息遣いで腰を引き、半分ほどまで戻してくる。たとえ半分だけでも信じられないくらい巨根で、櫂はびくんびくんと腰を跳ね上げた。

「やぁ……っ、や……っ、嘘……っ」

尻の穴が大きく開かれ、身動き一つできないくらいなのに、羅刹はふーふーと息を荒らげながら、性器を律動する。

「やだ、ああ、ああ……っ」

泣きながら櫂は身悶え、突かれるごとに意識が飛びそうなほど感じまくった。怖いのに突き抜けるような快楽が全身を襲い、射精していないのに何度も達していた。

「出る、ぞ……っ、呑み込め……っ」

大きな身体で櫂を押さえつけ、腰を突き上げてきた羅刹が、上擦った声でさらに奥まで侵入してくる。櫂はドライで何度もイかされ、涙で濡れた顔で羅刹を見上げた。

「出して、中で出して……っ」

忘我の状態だった櫂は、気づかぬうちにそんな言葉を発していた。羅刹が顔を顰め、櫂の足を大きく広げて内部に精液を吐き出してくる。

「ひ……っ、ひぃ……っ、う、あ……っ」

櫂は体内に広がる精液を感じ、ひたすら痙攣していた。羅刹の熱が治まっていくのをどこか残念に感じ、深い快楽に沈んでいた。

羅刹は二度櫂の中で果てると、裸のまま、ふらりとどこかへ行ってしまった。まだ息が整わなくて、櫂は乱れた姿で布団に横たわっていた。ほどなくして戻ってきた羅刹は濡れたタオルを持ってきた。

「え……、何してんのお前」

羅刹が濡れタオルで汚れた身体を拭き始めたので、櫂は驚愕して目を剝いた。あの羅刹が、櫂の身体を綺麗にしている。少し乱暴な拭き方だが、身体にこびりついた精液を落としている。

「綺麗にしてやってるのに、何だ」

羅刹はムッとした表情ながら、櫂の身体を清める手を止めない。

「や、嬉しい……けど。お前、変わったな」

汗ばんだ身体に冷たいタオルが気持ちよくて、櫂は小さく笑った。最初は入れるだけという感じだったのに、今や事後の処理までしてくれる。それに以前はなかなか達しないと言って、一、二時間櫂の尻を突いていた時もあったのに、今はふつうの人よりは遅いけれど、ある程度の時間で射精するようになった。

「俺が人間じゃなくなったらさ……、お前とセックスくらいしかすることなくなるかな」

櫂はぼんやりした口調で呟いた。

「……邪気加持とかいうので、治るのではないのか？」

櫂の全身を綺麗にして、羅刹が作務衣を手渡してくる。櫂はだるい身体を起こして衣服を身にまとうと、ごろりと布団に横になった。

「あれは無理だよ……。してくれる人が見つかるわけない。俺は印を組むのが怖いし、那都巳は出ていっちまったし。それに二週間後には満月の夜がやってくる。どっちみちそれで、ジ・エンドだろ。はは」

なるべく暗く聞こえないように、櫂はわざと明るい声を出した。

「いっそ、お前に喰ってもらおうかな」

投げやりな口調で、櫂は羅刹を見上げた。羅刹は着物を羽織り、無言でじっと櫂を見下ろす。

「……本気で言ってるのか？」

羅刹が膝を折り、櫂の顔の横に手をついて問う。櫂は皮肉げに笑みを浮かべ、肩の辺りを掻いた。

「陰陽師じゃない俺って、何の役にも立たないしな」

口にしたとたん、ひどく胸が痛んで、櫂は顔を歪めた。こうなってみて、初めて自分が陰陽師であることに対し、強い思い入れを抱いていたのが分かった。陰陽師以外の自分には価値がない。陰陽師はただの仕事だが、櫂にとってはそれだけが唯一の社会との関わりだったのだ。それをなくしてしまったら、何をして生きていけばいいか……。

「何故、泣く」

羅刹にまじまじと見つめられ、櫂は戸惑って息を呑んだ。

知らぬ間に、頬に一筋の涙がこぼれていた。自分でも自覚がなかったので、かなり驚いた。

「あれ、俺、何で泣いて……。嫌、これは何かの間違い……」

焦って目元を拭い、櫂は無理に笑おうとした。強い自分が泣くはずなどないと涙を振り払おうとした。だが、意に添わず涙はぽろぽろ流れ出る。

（俺ってすげぇ、弱かったんだな……）

改めて自分の存在意義を思い知らされ、櫂は腕で目元を隠した。呪詛を受け、寿命が短くなった時も、恐怖や焦りを感じていたが、ここまで悲しくはなかった。八百比丘尼を必要以上に恐ろしいと思ったのは、自分にとって大切なものを奪っていったからだ。丸裸にされて、生きる指針を失うほどに。

「羅刹……俺は、人間でいたいんだよ……」

櫂は顔をぐしゃぐしゃにして、嗚咽（おえつ）した。一度泣き出すと涙が止まらなくなり、肺が震え、咽が焼けるように熱くなった。

口に出して、よりいっそう自分の想いを自覚した。鬼としても不老不死としても生きていたくない。自分は人間でありたいのだ、陰陽師でいたいのだ、と。

「鬼が嫌だとか……不老不死が嫌だとかじゃないんだ。俺は人間が好きなんだ」

涙は櫂の心を浄化し、今まで押し込めていた想いを櫂に自覚させた。羅刹に一緒に生きていきたいと言われて頷けなかったのは、櫂が人間を好いているからだ。人間である自分に誇りを持っていたからだ。

「なら何故、こんな人里離れた場所で、人と関わらず生きているのだ。吾から見ると、お前は人を嫌っているように見える」

羅刹はおそるおそるというように櫂の髪を撫でて聞いた。さっきまでさんざん好き勝手に犯していたくせに、こんな優しい手つきもできるのか。

「違う……。す、好きだから、こんな場所で暮らしていたんだ。俺と関わると、物の怪に目をつけられ、迷惑をかけるから……」

　櫂がどもりながら言うと、羅刹が困ったようにふーっと息を吐き出した。こんなふうに他人の前で素直に自分の気持ちを明かしたのは初めてで、それだけで櫂の鼓動は速まった。羅刹に対し、自分はもう隠すものがない。

「俺は……人間でいたい……」

　濡れた目元を擦りながら、櫂は思いを吐露した。

　すると、やおら羅刹の手が櫂の身体を引き寄せた。そのまま持ち上げられ、立ち上がった羅刹の肩に担ぎ上げられる。

「なっ、何？　羅刹……っ？」

　荷物みたいに肩に担がれて、櫂はびっくりして声を引っくり返した。突然の行動に、涙が引っ込んだ。羅刹は無言で櫂を抱えたまま客間を出る。羅刹は廊下を駆け抜け、雨戸を開けて庭に飛び出した。

「振り落とされるなよ」

　羅刹はそう言うなり、鬼の姿のまますごいスピードで駆けだした。大きく跳躍して、敷地を囲む土塀を踏み台にして屋敷から出て行った。櫂は必死に羅刹の着物を掴み、揺れる身体の上で耐えていた。鬼の姿の羅刹の駆ける速度は高速を走る車と同じくらい速く、山道も瞬時に通り抜けていく。すでに丑三(うしみ)つ時で、外は真っ暗だ。いくら人目がないとはいえ、鬼の格好を見られたら終わりだ。

「羅刹！　止まれ！　どこへ行くんだ！」

　櫂は羅刹の肩の上で大きな声を上げた。けれど羅刹は足を止めることはなく、無言で山道を走り抜ける。その時——気づいた。

　櫂の制止が、利かない。以前は本気で命じると羅刹には通じたのに、今は櫂の制止が及ばない。

「お前……、いつから？」

　櫂は驚愕のあまり、足をじたばたさせた。

　羅刹には櫂の命令を聞くよう、房中術を仕込んだ。それが——失われている。羅刹はいつの間にか櫂の式神ではなくなっていた。八百比丘尼の肉を喰わされて、陰陽師の力を失った時からだろうか？　いつもと同じように傍にいたのでぜんぜん気づかなかった。

　羅刹は命令ではなく、自主的に櫂の傍にいたのだ。

「さぁな。気づいたら、吾を縛るものは消えていた」

　羅刹は坂道で地面を蹴って、近くの大木の枝に飛び上がる。その枝を起点として、近くの枝に次々と飛び移り、葉を揺らす。

「どうして？　俺を喰うか、どこかへ去るか、すればよかったのに！」

　衝撃が大きくて、櫂は宙を飛び移りながら、癇癪を起こして叫んだ。まさか同情——と嫌な考えが頭を過ぎり、胸がもやもやする。

「――それを聞くのか？」

この辺りで一番大きな木から下降しながら、羅刹がふっと笑った。櫂はどきりとして、頬が紅潮した。夜の疾走のおかげで濡れた頬も乾いた。夜風が頬を嬲る。羅刹は櫂を抱えたまま山を下り、民家があるほうまで降りてくる。

「ここは――」

羅刹が夜中に櫂を連れてきた場所は、千寿の寺だった。羅刹は思い切ったように寺の築地塀を飛び越えた。夜とはいえ、塀を越えた際に、羅刹の身体に電流のようなものが走ったのが、くっついていた櫂に伝わってきた。羅刹は顔を歪めつつ境内に入り、スピードを弛めずに本堂への階段を飛び越える。

「羅刹、お前――」

羅刹は本堂の扉の錠を怪力で破壊して、扉を蹴り上げて汚れた足で勝手に中へ入った。本堂内は神仏の神気で満ちていて、羅刹と同じくらい櫂は怖気が立った。今の櫂には声は聞こえないが、神仏が無法者の侵入に怒っているのが分かる。

「おい！　坊主！　出て来い！」

羅刹は床に櫂を下ろして、大声を上げた。

「お、おい！　その姿じゃまずい……っ」

　櫂は真っ青になって羅刹の腰にしがみついた。羅刹は霊体化できなくなっているので、鬼の姿は誰にでも見られてしまう状態だ。せめて人間の姿になってくれと懇願していると、奥から足音が聞こえてきた。

「何だ、この夜中に騒々しい」

　威厳に満ちた声と、慌ただしい足音が続く。

「うわぁ！　お、お前ら、何やってんだ！」

　お堂の奥から出てきたのは慈空と千寿だった。二人とも寝ていたらしく、グレーの甚平姿だ。本堂のど真ん中に鬼の羅刹と尻もちをついている櫂がいたので、二人ともぽかんとしている。千寿は鬼になった羅刹を知っているが、慈空は初めてだろう。ここまでくっきりはっきりと鬼の姿で現れて、しばし言葉を失っている。

「こ、これには事情が、あの」

　櫂は青ざめて羅刹の前に立ち、庇うように両手を広げた。慈空の顔が険しくなり、袖から数珠を取り出そうとする。

「おい、坊主。お前ら、坊主なら、こいつを助けろ」

　羅刹は腕を組み、真正面から慈空と千寿を見やって言う。慈空が困惑した表情で櫂に視線を移す。千寿は慈空と櫂の間でおろおろしている。

「親父、こいつらはそのぅ」

「千寿。どういうことだ、説明しろ」

慈空も自分の息子が事情を知っていると察したらしい。それに櫂が鬼の羅刹を庇っていることも。恐ろしい形相で全員を見回す慈空に、櫂は冷や汗を流した。

よりによって、何でこんな場所に羅刹は連れてきたのか――。

（いや、よりによって、じゃない。羅刹なりにここなら俺を救えると思って……？　俺のために、鬼にとって鬼門な場所に来たんだ）

羅刹だって本来ならここへは来たくなかったはずだ。この寺を建立したのは、自分を八百年もの間封印してきた高僧なのだから。それでも櫂のために、真夜中、山を駆けた――。

「俺が説明します。全部――」

櫂は顔を引き締めて、前に進み出た。慈空が目を細めて櫂を射抜く。櫂の身体に変化が起きたのに気づいたかもしれない。

「最初から話しますから、聞いて下さい」

櫂は深く頭を下げて、慈空に言った。

真夜中だったが、慈空にはこれまで起きたすべての出来事を語った。本堂の外陣、ご本尊である毘沙門天の前で正座して、六年前、父が倒れて、櫂が伊織からひどい怪我を負った事件の真相から話し始めた。

伊織には大蛇の物の怪が憑いていて、それにつけられた傷が呪詛となり、残りわずかの寿命しかなかったこと。

このままでは駄目だと思い、寺の近くの祠に封印されていた鬼を解放したこと。鬼の名前は羅刹とし、ずっと傍に置いて、生活をしていたこと。

呪詛をかけた大蛇の魔物が現れ、羅刹が倒してくれたが、自分につけられた呪詛が消えなかったこと。それに前後して八百比丘尼と名乗る尼が現れ、伊織を鬼に変えたこと。そして――八百比丘尼の肉を無理やり喰わされて、身体がおかしくなっていること。

慈空は櫂の話を黙って聞いていた。突拍子もない内容だったが、櫂の隣には鬼の羅刹があぐらをかいて座っていて、これが事実だと証明してくれた。

最後に櫂は、神奈川にある炎咒寺を訪ねてこの症状を治す術を求めたが、住職は不在で、邪気加持を十日間、不眠不休でやれというメモをもらったと明かした。

すべて聞き終えて、慈空はぎらりと両目を見開いた。

「この馬鹿もん!!」

堂内に響き渡るほど一喝され、櫂はびくっと肩を震わせた。傍で聞いていた千寿も飛び上がり、羅刹も目をぱちくりしている。

怒鳴られるのは当たり前だ。勝手に祠の封印を解き、鬼をこんな場所まで伴ったのだ。そう思ったが、慈空が怒っているのはそんな些末な話ではなかった。

「何でもっと早くに言わなかった！」

慈空は目を吊り上げて、櫂を叱りつけた。櫂が思わず顔を上げると、慈空は父親のような厳めしい顔つきで櫂を見据えていた。

「六年もの間、一人で抱え込んでいたのか。この馬鹿が……っ。わしはお前の父親からお前を頼むと言われていたんだぞ。立つ瀬がないわ」

慈空の瞳の中に愛情を見つけ、櫂は自然と顔が熱くなった。もういい年なのだし、一人で何もかもしなければと思い込んでいた。頼ってよかったのか。

「す……、すみま、せん……」

櫂はしどろもどろで謝り、目頭を熱くした。親のように叱ってもらえて、胸がいっぱいになった。頼れる保護者など自分にはいないと思って、馬鹿みたいだ。ずっと、慈空に対して引け目を感じていた。男しか愛せない自分が申し訳なくて、気にかけてくれていたのは知っていたのに、心を開けなかった。慈空は父親の代わりにいつでも櫂を受け止めてくれていたのに。

「何で泣く？」

隣にいた羅刹が首をかしげている。櫂は「うるさい」と羅刹を睨みつけ、目元を擦った。羅刹の前で泣いたせいか、涙腺がゆるくなっているのかもしれない。

「仔細(しさい)は分かった。そこの鬼、羅刹と言ったな。お前は何故ここへ櫂を連れてきた?」

　軽く吐息をこぼし、慈空は羅刹に向き直った。すごい眼力で羅刹を睨みつけたので、横にいた櫂はハラハラした。慈空はこの寺の住職だけあって、鬼と対峙(たいじ)しても迫力負けしていない。

「慈空さん、羅刹はもう何にも縛られていないんです。俺が力を失ったから……、羅刹は鬼だけど、俺を助けるためにここへ」

　櫂は黙っていられなくて、身を乗り出して言った。術が解けていると知り、千寿が「マジか」と後ずさる。

「わしはこの鬼に聞いている」

　慈空は櫂の言い分を無視して、じろりと羅刹を睨む。羅刹はその睨みをものともせず、鼻で笑った。

「吾はしたいことしかしない。吾はこの人間が気に入っている。こやつが閨(ねや)以外で泣くのはどうにも不快だ。こやつは人でいたいと言うのでな、吾のように強い鬼を封印したこの寺の坊主なら何とかできるのではないかと思って来ただけのこと」

　羅刹は気負った様子もなくさらりと言ってのけた。

「ふん。鬼風情が、生意気に。お前、人を喰ってはいないだろうな?」

　慈空は確かめるように羅刹をじろじろと眺める。

「喰ってません!　こいつはもう八百年も誰も喰ってないんです!」

櫂は大声で主張した。千寿を襲った件については黙っていよう。

「この先も人を殺さず、喰わないと誓えるか？　返答次第によっては、この場から追い出す羽目になるが」

僧侶として、慈空は目の前の鬼を見過ごすことはできないのだと櫂は察した。はいと言ってくれと櫂が羅刹に熱い眼差しを注ぐと、かすかに唇を歪めて羅刹が小馬鹿にした表情になった。ずっと傍にいたので、このままだと「そんな話は聞けぬなぁ」と言い出すのが櫂には分かっていた。

「羅刹！」

羅刹が口を開く前に櫂が凛とした声を出すと、羅刹が出鼻をくじかれて唇を尖らせる。櫂のアイコンタクトを受け、羅刹が赤い髪をがりがりと掻く。仕方なさそうに大きなため息をこぼし、羅刹がきりりと顔を引き締めた。

「——こやつが傍にいる限り、吾は人を殺さず、喰わないと誓おう」

櫂は一瞬、羅刹に見惚れて言葉を失った。

これまでも何度も同じ呼びかけはしていた。人は喰うな、殺すなと繰り返した。そのたびに羅刹はいい返事をしなかった。こんなにはっきりと殺さず、喰わないと言い切ったのは初めてだった。自分が傍にいる限りだとしても、羅刹はこれほどまでに変化した。

「なるほど。さすれば、必ず櫂を長生きさせせねばなるまいな」

ふっと慈空が微笑み、櫂は羅刹の存在を許されたと知った。たとえ鬼だとしても、そこに善や義があるなら、黙認しようと言ってくれたのだ。

「では、櫂について考えよう。炎兇寺はわしも知らぬ寺ではない。あの寺は特殊な寺でな、通常の業務では処理しきれない厄介な案件が持ち込まれる、寺の中の駆け込み寺と言われているのだよ。そこの住職が示したなら間違いはないはずだ。邪気加持法ならわしが出ねばなるまい」

慈空が不敵に笑い、櫂は目の前が開けた気分になった。考えてみれば、慈空は陰陽師だった父と懇意にしていたのだ。櫂が知らなかっただけで、若い頃は多くの修行をこなし、多くの呪法を身に着けていた。

「十日間、不眠不休というなら、同じだけの力を持った僧侶に当たってみよう。どれだけの人数が集まるか分からないが、最低でも二人欲しい。時間があれば良かったが……、わしが視たところ——お前に、そんなに猶予はない」

目を細めて櫂を見やり、慈空が膝に置いた手を握る。

「邪気加持をするなら、六角堂がいい。明日にでも始めたいところだが、準備に一日は必要だ。櫂、お前は明後日、日の出と共にここへ来い」

櫂は目を潤ませて、深く頭を下げた。有り難くて涙が出てくる。もう無理だと思っていたのに、道は続いていた。もしこれで駄目なら仕方ないと諦めもついた。

「親父……ありがとう、俺も手伝う。擢を助けてやってくれ」

擢の横に来て千寿も頭を下げた。慈空はこれ見よがしにため息をこぼし、

「お前が使える奴だったらなぁ」と嘆く。

「邪気加持には修行で身に着ける験力が必要なんだ。お前、高野山の学校で通り一遍のことしか習ってないじゃないか。わしがお前の年齢の頃には、修行に明け暮れていたぞ？」

くどくどと慈空の説教が始まり、千寿がひぃと頭を抱える。つい擢の口元にも笑みがこぼれ、張りつめていた空気が柔らかくなった。

擢は羅刹のたくましい腕に触れた。感謝の念を込めて、そっと寄り添った。

■七章　祓いの儀式

　鬼の姿の羅刹に背負われて、自宅に戻った頃には、日が昇って辺りが明るくなっていた。真夜中に飛び出したのを雪と草太が気づいていたらしく、玄関前に二人が立っていた。二人とも、櫂と羅刹の顔を見てホッとした様子だ。

「心配かけてすまない。千寿の寺に行ってた」

　櫂たちが帰ってくるまで不安でいっぱいだったという雪に、羅刹が千寿の寺に連れて行ってくれた話と、明日から住職に加持をしてもらえるという話をした。

「そうだったのですね。よかった……」

　雪は安心したように微笑む。草太は面白くなさそうに口を尖らせている。

「俺、また役立たずだぁ」

　草太は自分が力になれないのを悔しがっている。八百比丘尼が現れた時もぐーぐー寝ていたし、いつも蚊帳の外なので気落ちしている。

「お前ごときに助けられたら情けないだろ」

櫂がわざとそう言うと、ムッとして鼻を擦る。

「俺だって、一人前になったし、やる時はやれるんだからな！」

まだ三年くらいしか生きていないのに、草太はやる気だけは人一倍だ。

「心配せずとも、お前にも役目はある」

玄関で汚れた足を濡れタオルで拭きながら、羅刹が言った。羅刹も櫂も裸足で飛び出したので、すっかり足が汚れている。往復の山道を櫂を背負っていた羅刹は特に真っ黒だ。

「えっ、何！　何！」

草太は喜び勇んで、目を輝かせる。

「十日間の加持の間、比丘尼と伊織が邪魔をしにやってくるに違いない。吾と共に、それを迎え撃つのがお前の仕事だ」

羅刹は綺麗になった足で廊下を歩きだし、きっぱりと言った。比丘尼と伊織について考えるのをすっかり忘れていた櫂は、どきりとして立ち止まった。

「比丘尼と伊織が来る、と……？」

想像したくなくて櫂は顔を曇らせた。慈空に加持をしてもらえるとなり、それ以外の可能性について考えていなかった。羅刹は櫂よりも先に、彼らの動向を予測している。

「必ず来る。吾が比丘尼なら、加持の邪魔をする。だが、させない。吾は——十日の間、お前を守る」

そう言って羅刹は背中を向けてどんどん先を行く。櫂はその背中に目を奪われ、かすかに鼓動を速めた。気のせいか、ここ数日で羅刹が変化している。前はのらりくらりと自分の気の向くままにしか行動していなかったのに、慈空にはっきりと誓いを立てたことといい、心が定まったせいか、すごく頼りになる。守ると言われて、頬が紅潮した。人目がなかったら、その背中に抱き着きたい。

「えーっ、やる、やる！　鬼と闘うんだろ！　俺が強くなったところ、見せてやる！」

草太は嬉しそうに小躍りして、やる気満々だ。戦闘なんてしたことないくせに大丈夫だろうかと櫂は心配になった。雪も不安そうだ。

「雪、飯をくれ。腹が減った」

羅刹は居間に入り、当然のように言う。雪は初めて名前を呼ばれ、にこっと笑って「はいはい」と台所に消える。櫂はゼリー状の栄養補助食品を流し込み、眠気を感じて、客間の敷きっぱなしだった布団に潜って寝た。

昼時に目が覚め、改めてあれは夢ではなかったかと頭の中で反芻(はんすう)し、起き上がった。以前の櫂ならやらなかっただろうが、昨夜からの興奮が残っていたのか、スマホで那都巳(なつみ)に電話をかけた。

（二度と関わらないと思っていたのに）

あんなふうに喧嘩(けんか)になった相手と仲直りしたいと思うなんて、今までの櫂なら考えられなかった。来る者を拒み、去る者も追わなかった自分が、那都巳と話したいと思っている。

コール音が響く間、胸がどきどきして、落ち着かなかった。もしかして電話に出てくれないかもと思ったが、四回目のコールで電話が繋(つな)がった。

『はい』

那都巳の淡々とした声が耳をくすぐる。櫂は気力を振り絞って、スマホを握りしめた。

「俺だ、櫂。お前の教えてくれた寺に行ってみた。住職は修行中で会えなかったけれど、邪気加持を十日間不眠不休でやれと教えてもらった」

櫂が一気に話す間、那都巳は黙って聞いている。

「この前夏祭りに行った寺の住職が、代わりに加持をやってくれることになった。……一応、礼を言う。ありがとう。この前はひどいこと言って悪かった」

そこまで言い切って、那都巳の返答を待った。何も返事がない。

「何か言えよ！」

つい怒鳴ってしまうと、那都巳の笑い声が聞こえる。

『そう、よかったじゃない。道が開けて。別に俺に報告する必要なんてないのに』

相変わらず嫌味な口調で言われ、櫂はカチンときながらも、心を落ち着かせた。十日間の加持で人に戻れるかどうかまだ分からない。最悪の場合、まったく別のものになってしまう可能性だってある。その前に、ちゃんと自分の気持ちを言っておきたかった。

「お前はどうか知らないけど、俺はお前に勝手に友情めいたものを期待していたんだよ。同じ陰陽師だし……、少しの間一緒に生活していたし……」

那都巳に突き放されて怒りが湧いたのは、そのせいだ。櫂は自分の気持ちを素直に認めようと、言わずにおいた心情を伝えた。笑われるかもしれなかったが、それでもよかった。今の自分には、それを受け止める余裕がある。

『友情……ね。まぁ、確かに最初は俺も君が自分と似ているかもと思った。人嫌いって原田さんから聞いていたから』

意外な言葉が那都巳の口からこぼれてきて、櫂は目を瞠った。原田とは、櫂が専属契約している経済界の大物、榎本一二三の秘書だ。

『でもぜんぜん違ったね。君は人間が好きだから、人を寄せつけないだけだった』

那都巳の抑揚のない声に、櫂は戸惑いを覚えて黙り込んだ。違うということは、那都巳は人が嫌いなのか。櫂と違って多くの人に囲まれているのに。メディアで見ている時も、傍にいて話している時も、櫂は那都巳が人嫌いだと感じたことはない。誰とでも気楽にしゃべっているように見えるし、人を避けている様子もなかった。嫌味な言い方と人を見下した態度で友達は少ないだろうと思ってはいたが……。

「那都巳、お前……」

『ま、とりあえずがんばって。じゃあね』

もう少し那都巳と話していたいと願ったが、それを見透かされたように那都巳に電話を切られた。もやもやした思いが残ったが、これで心残りの一つは消えた。

「どこへ行く？」

タオルを首に巻いて家を出ようとすると、廊下で昼寝をしていた羅刹が気づき、むっくりと起き上がった。

「十日も留守にするだろ。畑の手入れをしておこうと思って」

十日間の加持の間、畑が放置されたら大変な状態になる。櫂が真顔で言うと、羅刹が何だと言いたげに再び寝入ってしまった。

中庭の小さな畑に行くと、水撒き（みずま）きをして雑草を引き抜いたり、実った野菜を収穫したりする。きゅうりやナス、トマトにピーマンが食べ頃だ。一時間ほど畑の手入れをした後、台所にいた雪に野菜を手渡した。

その日は雪と草太と一緒に買い物に出かけ、肉や魚をたくさん仕入れて戻ってきた。大喰らいが二人もいるので、肉や魚があっという間になくなる。仕入れた大量の肉を冷凍庫にしまっておき、雪と二人で夕餉（ゆうげ）の支度をした。

「櫂様、本当に不器用ですね……」

雪の手伝いをすると申し出てみたものの、櫂は料理はからきしだ。卵を割るのすら時間がかかるレベルで、ほとんど役に立たなかった。雪がいてくれて本当によかった。今の櫂には式神を作ることはできなかったので、雪がいなかったら、羅刹たちに美味しい食事を出せなかった。

夕食は賑やかな時間となった。櫂は無理をして少しの野菜を口にした。何か食べないと、十日の間、身体が持たないかもしれない。

「櫂様。羅刹様と草太の食事に関しては私にお任せ下さい」

雪は慈愛に満ちた表情で胸を叩いた。羅刹と草太は櫂が加持をしている間、寺の敷地の外で邪魔が入らないか見張っている。その間の食事は雪がお弁当を作って寺まで運ぶと言ってくれた。鬼の食事の世話を寺の人間にさせるわけにはいかなかったので、雪の申し出は有り難かった。

「よろしくお願いします」

櫂は頭を下げ、明日からに思いを馳せた。

果たして無事に、邪気加持を行えるのだろうか。櫂の身体は元に戻るのか。伊織と比丘尼はやってくるのか——尽きぬ不安が頭をもたげるたび、気持ちだけでも強く持とうと願うのだった。

翌日、日の出前に、櫂は雪の運転で、羅刹と草太と共に千寿の寺へ向かった。

今日のために櫂は、朝起きた時点で、井戸の水で水垢離をした。心身ともにさっぱりして、真新しい作務衣に着替えた。

寺の敷地の前で羅刹と草太を下ろし、周囲の警戒に当たってもらう。雪とは車で別れを告げ、一人で境内へ入っていった。

まだ薄暗さの残る境内に、作務衣姿の千寿が待っていた。櫂に駆け寄り、いよいよだなと緊張した面持ちを見せる。

「もしかしたら伊織と比丘尼が邪魔をしに来るかもしれない……。羅刹と草太が、寺の外で見張っているから」

櫂が不安げに言うと、千寿は複雑な表情で笑った。

「あの鬼……不思議だな。最初に会った時はただ恐ろしいばかりだったけど、この前の夜は、何かこう……鬼だけど鬼っぽくないっていうか……」

千寿も羅刹の変化に気づいているようだ。

「ああ、俺も驚いている。お前のとこの本尊の毘沙門天に仕えてくれないかな。そうしたら鬼神となってパワーアップできるんだけど」

半分本気で言ったのだが、千寿にはありえないと笑われた。自分を封印した寺の本尊に仕えるようになれば、万事丸く収まると思うのだが。

「伊織……鬼になったんだな。あいつどこでおかしくなったんだろう。中学生の時は、明るいふつうの男子って感じだったのに」

千寿は友人について思い出したのか、暗い顔つきになる。千寿には伊織が鬼になった話は聞かせたくなかったのだが、仕方なかった。

「信じたくないけど、最近世間を騒がしていた殺人鬼が伊織なら、俺たちは止めなければならないな」

決意を秘めた眼差しで、千寿が前を向く。櫂も同じ思いだった。

「ああ。今の俺には何もできないけど、俺もそう思っている。伊織にこれ以上、人を殺してほしくないよ……」

千寿と共に話しながら、櫂は境内の一番北側に置かれている六角堂へ足を向けた。六角形の瓦（かわら）屋根がついた朱塗りの建物で、扉を開けると奥の一段高い場所に木製の不動明王（ふどうみょうおう）像が鎮座していた。足を踏み入れるのに勇気がいったが、千寿に手を引かれ、気力を奮い立たせて中に入る。

「櫂。来たか」

櫂の後ろから紫色の法衣をまとった慈空が静かに入ってきた。その手には五鈷杵（ごこしょ）が握られている。慈空は一日の間に霊力を高めてきた。六角堂に入ってきた時は重圧を感じてその場に倒れそうになったくらいだった。今回の邪気加持は不動明王の力を借りて行われる。慈空が近寄るだけで全身を火に焼かれたような気がして、おののいた。

「喜べ、知り合いの行者に当たってみたところ、うまい具合に十日の加持を行えそうだ。今日、明日はこちらの僧侶宗円（そうりょそうえん）が、わしと共に加持を手伝ってくれる」

慈空はそう言って、背後にいた恰幅（かっぷく）のいい僧侶を紹介した。僧侶は櫂を見るなり、「これは異様な」と顔を顰（しか）めて呟（つぶや）いた。

「よろしくお願いします」

櫂は正座して頭を下げた。肌を突き刺すような感覚が絶えず起こっている。自分の身体の中にある邪気が、この場から逃げろと暴れ回っているのだ。

「一刻の猶予もない。始めよう」

慈空は櫂を見下ろし、厳かに告げた。

六角堂の扉が閉められ、邪気加持が始まった。不動明王像の前に護摩壇（ごまだん）が置かれている。その中央には護摩炉がある。邪気加持を行うためには、まず心身を守る護身法、場を清める結界法、修法の本尊を場に迎える勧請法を行い、その後、本尊と一体となるための一連の儀式を執り行う。加持作法と呼ばれるものだ。

慈空は作法にのっとってこれを正しく行った。六角堂内に慈空と宗円、千寿の経を読む声が充満する。櫂は定められた方位に向けて横たわっていた。三人の経を読む声が、全身を貫く針のようで、櫂は必死に痛みを堪えていた。

「うう、う……」

炉に焚かれた炎が揺らめくたび、灼熱の炎に炙られたように苦しくて息ができない。汗が滝のように流れ、このまま干からびて死ぬのではないかとすら思った。時々千寿が櫂の身体を起こし、水分を口に含ませるが、その程度の水ではこの熱さを軽減できなかった。

慈空は不動明王をその身に宿し、すっくと立ち上がる。慈空は五鈷杵を握り、櫂の背面に回った。櫂の上半身を起こし、慈救呪を唱え始める。

「ノウマクサンマンダバザラダンセンダ、マカロシャダソワタヤウンタラタカンマン」

力強い声で唱えながら、五鈷杵を櫂の背中に押し当てる。すると激しい痛みが五鈷杵を押し当てた場所から櫂を苦しめた。

「うぐぅ、う……っ、ぐ……っ、ああ……っ」

慈空は決して五鈷杵を刺しているわけではない。軽く押し当てているだけだ。それなのに身体は痛みに悶え、呻き声が口から漏れ出た。身体の中にいる異物が五鈷杵に対して強烈な反応を返していた。

「ひ、ぐ……っ、う、うう……っ、うあああ……っ」

櫂の痛みに苦しむ声が六角堂に響き渡った。わずかに心配そうに千寿がこちらを見たが、宗円と一緒に一心不乱に経を唱え続ける。慈救呪は櫂の身体に染みわたるように、延々と繰り返される。頭がおかしくなりそうだ。櫂は身体のいたるところに五鈷杵を押し当てられ、そのたびに悲鳴を上げた。

やがて慈空が五鈷杵で不動明王を表すカーンという梵字(ぼんじ)を描く。

櫂はひどい吐き気を覚えて、すでに用意されていたバケツに胃の中のものを吐き出した。慈空が行っている邪気加持で、櫂は身体の中に入れられた八百比丘尼の肉という異物を身体から追い出す。

吐くと少しだけ身体が軽くなり、息ができるようになった。

邪気加持はまだ始まったばかりだ。これを全部で十日間、休みなく続けなければならないのだ。


邪気加持は昼夜を問わず、ぶっ通しで行われた。

六角堂には小窓が一つだけあるのだが、そこから入る日の光だけが時間を知る唯一の方法だった。絶え間なく慈空は経を唱え、限界が来ると宗円と入れ替わり、休みなく櫂の身体から邪気を追い払おうとする。

時々千寿が水や食べ物を櫂の口に運んでくるが、水は飲めても、食事はとてもじゃないが咽(のど)を通らなかった。

いつの間にか夜が過ぎ、日が昇り、また日が落ちる。

　櫂も苦しかったが、休憩なしで経を唱え続ける慈空はかなりの重労働だっただろう。三日目には見知らぬ僧侶が現れ、宗円と交代して邪気加持を行った。六角堂内は不動明王の炎で満たされ、四日目には千寿が倒れてしまった。

　櫂はほとんど横たわっているだけだったが、それでも事の重大さは身に染みていた。これだけの大掛かりな加持を行わないと追い出せないくらい、八百比丘尼の力はすさまじいのだと。

　昼も夜もなく経を浴び続け、五鈷杵を押し当てられ、吐き気と苦痛に身悶える。

　ようやく五日目の夜を迎え、やっと折り返し地点かと思った矢先、不吉な知らせが届いた。

「親父、寺の外で鬼が戦っている」

　五日目の夜に加持に戻ってきた千寿が青ざめて六角堂の扉を押し開けてきた。

　櫂はよろよろとした身体で起き上がり、びしょ濡れの額の汗を拭(ぬぐ)った。護摩壇で炉に火をくべていた慈空はちらりとだけ千寿を振り返る。

「うろたえるな、我らは我らの務めを行うのみ」

　慈空はそう言って、加持を続ける。千寿も青ざめつつ、脇間に正座して、経に加わる。櫂はいてもたってもいられなくて、小窓から外を覗(のぞ)いた。境内の外の木々の葉が大きく揺れ、怒声と何か大きなものがぶつかる音が聞こえた。

　伊織が来た、と櫂は直感した。

　伊織は加持を邪魔するため、あるいは櫂を喰うために、ここへ来たのだ。おそらく羅刹がそれを食い止めているに違いない。羅刹は大丈夫だろうかと心が乱れた。伊織は短期間に人や比丘尼の肉を喰い、強くなった。

「人の心配をしている場合か」

慈空が立ち上がり、櫂の太ももに五鈷杵を押し当てる。まるで煙草の火を押しつけられたように感じ、櫂は歯を食いしばった。

「う……っ、ぐ……っ、ああ、あ……っ」

羅刹を信じよう。羅刹ががんばってくれているのだから、自分もがんばらねば。

五鈷杵が身体に触れるたび、櫂は苦痛に喘いだ。

経の合間に、鬼の咆哮が聞こえてくる。胃の中のものを吐き出しながら、櫂は羅刹の無事を願っていた。

どれくらい時間が経ったのか、小窓から日が差し込む時間になると、鬼の気配は消えていった。千寿がたまらずに様子を窺いに行ってくれて、十分後には六角堂に戻って羅刹と草太は無事だと報告してくれた。やはり伊織がやってきたらしく、長い時間をかけて戦闘になったらしい。寺の築地塀の一部が破壊されたと青ざめている。

櫂は日に三度ほど、数分だけトイレや水浴びをするために六角堂を出る。その際に千寿がふらふらの櫂に肩を貸し、羅刹たちの様子を教えてくれた。

「ちょうどあの半妖の母親が朝食を運んできたところで、すごい勢いでおにぎりを喰っていたぞ」

　こっそり耳打ちされ、安堵と共に微笑みが浮かんだ。二人が飯を食っているなら、問題ない。

　そう思っていた櫂だが、その夜になると再び伊織が現れ、外で戦闘が起きると気もそぞろになった。

　伊織は羅刹たちとの闘いを楽しんでいるのだろうか？　羅刹は強い鬼だが、それでも伊織を仕留められないということは、それだけ伊織が強くなっている証拠だ。しかも気のせいか、彼らの闘う音が徐々に近づいている。

「親父、境内に鬼が」

　七日目の夜になると、伊織は羅刹の攻撃をかいくぐって、寺の敷地内に入ってきた。壁越しに鬼同士がぶつかる音が木霊し、櫂は苦痛に喘ぎながら小窓に手を伸ばした。

「太観殿、この場を任せてもよいか」

　慈空が立ち上がり、この日、共に加持を手伝ってくれていた白い髭の僧侶に告げた。

「お任せを」

　太観と呼ばれた僧侶が懐から五鈷杵を取り出し、櫂の身体に押し当てていく。櫂はくぐもった悲鳴を上げながら、六角堂から出て行く慈空を目で追った。今の慈空は不動明王を身にまとっていて、鬼ごときにやられるとは思わないが、それでも不安だった。

「ノウマクサンマンダバザラダンセンダ、マカロシャダソワタヤ……」

千寿も経を唱えつつ、外の様子が気になっている。外から風を斬る音と、肉がぶつかる嫌な音、誰かの笑い声と慈空の経を唱える声が入り混じった。慈空の攻撃が効いたのだろう。しばらくすると静けさが外に戻り、ややあって慈空が六角堂に戻ってきた。

慈空の顔には疲労が見える。長時間の加持に加え、鬼を追い払うというおまけまでついてきたのだ。ほぼ毎日櫂のために加持を行っているので、疲労もピークに達している。櫂と同じくらい寝ていないだろうし、千寿のように倒れないか心配だった。

「続けよう」

慈空は淡々とした口調で座に戻り、加持を続けた。赤々と燃える火を見つめ、櫂は気力を振り絞っていた。

八日目の昼、櫂は千寿に肩を借りながら六角堂の外に出た。十分ほど休憩をもらい、外の空気を吸う。十日間の邪気加持を行うに当たって、慈空は寺の門を閉めて一般人が入れないようにした。だから境内には観光客はいないのだが、手水場のところに所在無げに立っている青年がいた。汚れたTシャツを着た草太だった。

「先生！」

草太は耀の顔を見るなり、ぱっと明るい顔になり、駆け寄ってきた。近づいて、その全身がボロボロになっているのに気づいて言葉を失った。あちこちに切り傷や打撲の痕があるし、衣服も汚れ、切り裂かれている。

「草太……、大丈夫か？　無理をするなよ、お前に万一のことがあったら、雪さんに顔向けできない」

耀が汚れた草太の頰に触れて言うと、草太が一瞬だけ、くしゃっと顔を歪めた。

「俺は平気だよ！　鬼だからすぐ怪我、治るし！」

草太はジャンプして笑っている。だがその表情はすぐにしょんぼりしたものになり、ため息がこぼれる。

「俺より、羅刹が……。伊織は俺のことなんか眼中にないからさ、もっぱら羅刹とばかり闘ってるんだ。くっそー、式神の時は仲良くやってたのに、ホント、別人なんだな！」

悔しそうに地団太を踏み、草太は短い髪をがりがりと搔く。

「俺も手助けしたいけど、俺なんか歯が立つ相手じゃない。俺、情けないよ。羅刹の手伝いにすらならないんだ……。二人のスピードについていけなくて」

「草太……」

耀は慰めるように草太の肩を抱いた。戦闘を見ていた千寿が、同情気味に頷く。

「しょうがないよ。俺も見てたけど、あの二人、何がどうなってるか分からないくらいのスピードで攻撃しあってるからな。毎回弾き飛ばされても、気落ちするなよ。これから強くなるって」

千寿は草太が半妖だと分かっているはずだが、背中を叩いて励ましている。

「うう－。先生、俺、ぜんぜん役に立たないのは嫌だ！　だから、ちょっと……行ってくる！」

草太が拳を天に突き上げ、くるりと背中を向ける。

「行くってどこへ？」

櫂が問うた時にはすごい勢いで走り出していて、築地塀を乗り越えてどこかへ消えてしまった。草太がとんでもなく馬鹿な真似をしそうで不安だったが、追いかけるわけにもいかず、水分を摂取して六角堂に戻った。

その夜も、伊織はやってきたようだった。伊織は再び境内に入り込み、六角堂の近くまで気配を漂わせた。千寿が小窓から外を覗き、「あの半妖がいない」と呟く。

「太観殿、この場を――」

慈空が境内に入ってきた鬼を追い出そうと、護摩壇から離れた時だ。何かに躓いたように、慈空が膝を折った。慌てて太観がその身体を支え、床に座らせる。

「慈空殿、お身体は限界にきておりますな。このままここで。わしが代わりましょう。鬼の奴も、このお堂には入れまいて」

　太観は慈空の代わりに護摩壇の前に座り、老人とは思えない迫力のある声で経を唱えた。慈空は苦しそうに胸を押さえ、その場に正座する。自分のために慈空が弱っていくのは、見ていてつらかった。

「ひっ」

　ふいに小窓に長い爪を持った鬼の手が伸びてきて、千寿が息を呑んだ。闇に溶けそうな色をした鬼の手は、小窓の細い柱を砕き、丸窓にしてしまう。その小さい穴からかつて伊織と呼んでいた鬼の顔が覗き込んできて、櫂は衝撃を受けた。

「櫂……、出て来い、今ならお前だけで許してやる……」

　伊織はしゃがれた声で語りかけてきた。伊織らしさはどこにも残っていなかった。人を喰らい、比丘尼を喰らった、なれの果てがこの姿なのかと櫂は慄然とした。

「俺は強くなった。鬼になってから、手あたり次第の人や物の怪を喰ったからな。あの鬼は俺に投げ飛ばされて、気を失っているぞ……。憐れだなぁ、鬼のくせに人を喰わないからだ……」

　伊織が聞くに堪えないおぞましい声で笑う。櫂の好きだった伊織が跡形もなく消え去り、別の異形のものに成り代わっている。

「俺と共に来い、櫂……。お前は特別だ、お前の肉が喰いたい、今のお前なら、半分喰っても再生するはずだ……」

伊織が丸窓を広げようと、壁を何度も打ち砕く。

「伊織！　お前は間違っている！」

燿は苦しくて横たわっていた身体を無理に持ち上げ、伊織に向かって声を張り上げた。

「どうして人であることをやめた⁉　何がお前にあったと言うんだ⁉　罪もない人を殺して……っ、人を喰って……っ」

燿には伊織の変容が理解できない。伊織は六年前に燿を襲った時にはすでにおかしかったというのか。

「俺は人が死ぬのを見るのが好きなんだ」

激しく壁を揺らし、伊織が面白そうに言う。

「お前と会った時には、俺はこうだったんだよ――。お前と同じだ。隠していただけだ」

伊織に歌うように言われ、燿はショックで全身を震わせた。いつから伊織がおかしくなってしまったのかと胸を痛めていた。伊織は明るい見た目とは裏腹に、暗い欲望を抱えていた。自分の人を見る目がこれほどないとは呆れるばかりだ。

伊織も自分も、本性を隠していた。知られることを恐れていたからだ。どうして伊織を責められようか。見抜けなかった自分が馬鹿なだけだった。

「ブラックボックス……」

燿は無意識のうちにそう呟いていた。すると伊織の動きが止まり、丸窓から燿を嬉しそうに見つめる。その瞳は、鬼になっても変わらなかった。仄暗い何かを抱えている瞳。その危うさに櫂は惹かれた。

「そうだよ。あの中には、俺が殺したものの一部が入っていたんだ。戦利品だよ」

伊織がそう言って手を伸ばしてきたとたん、その身体に何かがぶつかって地面に吹き飛ばされる。丸窓から顔面に血を流して伊織に飛びかかる羅刹の姿が見えて、櫂はハッとした。

「吾は貴様になど負けぬ！」

羅刹が叫び声を上げて、伊織と共に遠ざかっていくのが音と声で分かった。太観は不動明王の眷属の力を借りて、鬼を寺の外へ追い出している。慈空は苦しそうに息を喘がせながら、慈救呪を唱える。

櫂は苦痛と闘いながら、早く夜が明けてくれと願っていた。

このまま夜が明けないのではないかと不安になる長い夜が、過ぎ去った。夜明けと共に鬼の気配が遠ざかり、櫂はうつろな表情でバケツの中に吐しゃした。伊織の変貌に、後悔と己の不甲斐なさが身に染みた。もう伊織を元に戻すのは無理だと櫂にも分かった。いや、そもそも伊織は元からああだったのかもしれない。

一度流れ出た水は、もう盆に戻らないように。櫂は苦痛に喘ぎながら、伊織を想った。

九日目がやってきた。

あと一日――そう思ったせいもあるかもしれないが、九日目になって、櫂の身体に異変が起きた。

あれほど苦しかった経を読む声が、五鈷杵を押し当てられた部分が、――嘘のように軽くなっていたのだ。

それだけではない。水を飲んでも美味しいと感じ、握り飯を差し出されても、口にすることができた。味は薄く感じるが、それでも無味無臭ではなかった。邪気加持は確実に櫂の身体を元に戻していた。食事ができる喜びで櫂は気力が漲った。あと一日で、身体の中に入り込んだ比丘尼の異物を追い出せると確信したからだ。

「慈空さん、俺……、元に戻りつつある。あと一日……、です」

櫂は慈空を感謝の念を込めて見つめた。慈空は目の下にクマを作りながら、「あと一押しだ」と櫂の背中を叩いた。千寿も櫂の様子が変化したのを喜び、経を唱える声に力を込めた。

時間が経つにつれ、不思議な感覚が櫂を満たした。

太観の唱える経が身体にまといつき、心地いい波動を櫂に与える。それまで怒り狂っているようにしか見えなかった不動明王が慈愛の心で櫂を包んでいるのが分かる。熱さは嘘のように引き、真理の尊さだけが残った。

櫂はいつの間にか正座し、手を合わせて不動明王を拝んでいた。

(俺はずっと、こんな心地いい空間にいたんだなぁ)

邪気が薄れるにつれ、櫂は霊力が戻っていくのも感じていた。夜が明けた頃には、完全に比丘尼の邪気が抜けるだろう。今夜さえ、乗り越えれば——。

櫂は期待に満ちて太観や慈空、千寿と共に経を唱えた。

少しずつ日が暮れ始め、最後の夜が訪れる。

不気味な静けさが境内に漂っていた。いつもなら伊織が現れる時間になっても、外は静かだった。とうとう諦(あきら)めてくれたのかと淡い期待を抱いた時、ふいに背筋に怖気(おぞけ)が立った。

「来る……!!」

櫂は気づいたら叫んでいた。櫂の鋭い声に太観が思わず経を止めてしまったほどだ。だが櫂には聞こえたのだ。外からりんりんと聞こえる鈴の音が。それだけではない、何か繋がってしまったのかもしれない——八百比丘尼と。あの化生(けしょう)が近づいてくる気配をはっきりと感じ取ってしまったのだ。

「比丘尼が来ます、油断しないで!」

櫂が怒鳴った時だ。りんりんという鈴の音が耳元でして、振り返った時には千寿が床に突っ伏して意識を失っていた。

「面妖な——」

太観も慈空もこの場の異常さに気づき、油断なく辺りを見据える。まるでそれを見越したように、六角堂の扉が、重々しい音を立ててゆっくりと開かれた。

「まぁ……、まぁ……、皆様、お揃いで。そろそろ心身共に疲れが溜まっている頃合いでしょう。何日もご苦労様でございます、せっかくの加持を無駄にさせてしまうこと、本当に申し訳なく思っております」

墨染めの袈裟に白い頭巾を被った尼が、微笑みを浮かべながら扉の前に立っている。整った美しく白い顔を慈空と太観に向け、赤い唇の端を吊り上げる。

「妖魔よ、立ち去れ！」

慈空が数珠を鳴らして、八百比丘尼に術をかけようとする。だが八百比丘尼は涼しい表情でそれを受け流した。

「何……っ⁉」

慈空の術がまったく効かないことに、櫂も恐れおののいた。八百比丘尼は切なげに吐息をこぼし、ことさらゆっくりと中に入ってきた。

「妖魔とは悲しい言われようでございます。僧籍に身を置く身ゆえ、私を術で縛るのは無理なのです。ああ、お不動様。有り難い」

八百比丘尼は不動明王像に手を合わせて、はらはらと涙をこぼす。櫂は理解できなくて、その場で呆然としていた。八百比丘尼にはどんな術も効かないのだろうか？　ずっと物の怪の類だと思い込んでいたが、違った？　だとしたら、どうやって退ければいい——。

「何とこのような不可思議なものが、存在するとは——八百比丘尼、そのほう、何故に加持の邪魔をする？」

太観は驚愕に目を見開き、不動明王に手を合わせる八百比丘尼に詰問した。

「私の大事な人をここから連れだすためでございます。さぁ、櫂。参りましょう」

八百比丘尼はつと櫂に目を向け、天女のような微笑みで手を差し出してきた。櫂はそれを払いのけた。

「俺はここを出ない！　お前にどんな目的があるか知らないが、不老不死の肉体などごめんだ！」

櫂は八百比丘尼を睨みつけ、大声で言った。驚いたように八百比丘尼が口元に手を当てる。

「何故です？　私はあなたのお味方と申しましたでしょう。あなたの望みを叶えるべく、私の肉を与えたのに……」

小首をかしげて八百比丘尼が言う。

「何が俺の味方だ！　俺を苦しめることしかしてないじゃないか！」

櫂が立ち上がって、どんと足踏みをすると、意外そうに八百比丘尼が目を丸くした。

「私はあなた様の幸せを願って行動しているのに……。聞きわけのない方……」

八百比丘尼がかすかに顔を歪めて笑った。ぞくりと背筋が寒くなり、櫂はつい後退した。すると、いきなり背後の壁に衝撃音がした。とっさに振り返ると、再び大きな力が壁に当たる。

「太観殿、鬼が入り込んで——経を唱えねば」

慈空は丸窓から伊織の姿を確認したらしく、再び経を唱えようとする。太観も同じように経を唱えようとしたが、背後から八百比丘尼に抱き着かれ、苦しげに息を喘がせた。

「力のあるお坊様は、簡単には寝てくれませんね……。仕方ありません。無体な真似はしたくないのですが」

八百比丘尼はそう言いつつ、太観の耳朶に息を吹きかけた。とたんに太観はがくりと身を折ってその場に倒れた。

「太観殿——‼」

慈空が駆け寄ろうとすると、八百比丘尼はその身体にまとわりつき、耳朶に唇を寄せる。そんな行動だけで呆気なく慈空も倒れ込んだ。櫂は凍りついてじりじりと後退した。慈空と太観が倒れてしまった。あと少しで、ほんの数時間で櫂の身体が元に戻るというのに。もう終わりだと、絶望的な気分になり、頭を抱えた。

「さぁ、邪魔者は消えました。参りましょう」

八百比丘尼は相変わらず優しげな微笑みを浮かべて近づいてくる。櫂は逃げ場を失い、拳を握った。

「俺は人間でいたいんだ……、何故こんな真似をする……」

櫂は目の前で優雅に膝を折る八百比丘尼を恐ろしげに見返した。

「人間でいたい……？　でもあなたはあの鬼を愛している。私には分かるのです。私は人の心、奥底の願望が視えるのです。あの鬼と共に生きるためには、私の肉が必要なはず」

少女のような顔で微笑まれ、ようやく櫂にも八百比丘尼が言っている意味が分かった。櫂に肉を与えた理由は、羅刹と生きるためだったというのか。

「あなたは鬼にならない。悲しいことです。鬼になれたら、炎咒と長く寄り添えたのに。でも私の肉さえあれば、鬼と同じくらい長く生きられます。さぁ、ここから出て、また私の肉を——」

櫂は両手で顔を覆った。櫂は笑いだした。不思議そうに八百比丘尼が櫂を覗き込む。

この恐怖を振り払うには、笑うしかなかった。強張っていた顔の筋肉が解かれ、いびつな笑いになったが、それでも声を上げて笑うことができた。

「俺をあんたの尺度で測るな！　俺は人間のまま、羅刹を愛したいんだ！」

腹の底から声を出して、櫂は主張した。八百比丘尼がびっくりしたような顔で櫂を見ている。あどけない顔で見つめられ、もしかしたらこの化生は、本当に悪いものではなかったのかもしれないと思い至った。

目の前にいる八百比丘尼は、まるでそんなことを考えてみたこともなかったようにきょとんとしている。この不老不死の化け物は、櫂には禍々しいものに思えたが、本当はそうではないのかもしれない。だとすれば物の怪が入れなかった櫂の屋敷に侵入できたのも頷ける。

この化生は、悪意がない。

悪意がなく、己の心の赴くまま、良かれと思って無法を繰り返している。救いようのない邪悪さだ。悪夢のような存在だ。

「長く傍にいるのが大事なんじゃない、愛別離苦——俺は人間としてその苦しみを背負う覚悟がある。長く一緒にいるのがいいというのは、真理に逆らっている。しかもそれを俺に押しつけるなんて。仏教の大事な教えだろ、あんたはそんなことも忘れてしまったのか」

櫂は顔を覆っていた手を外し、立ち上がった。八百比丘尼が長いまつげを震わせて櫂を見上げる。櫂は背筋を伸ばし、凛とした眼差しで八百比丘尼を真っ向から見据えた。

その時だ。六角堂の扉が破壊され、開けた空間に鬼の姿になった伊織が現れた。

「櫂……、お前の肉を、もう一度……」

伊織は大きく開いた口から牙を剝き出しにしてよだれを垂らしている。あまりの変わりように櫂は目を覆った。逃げ場のないお堂で壁を背に身構えると、伊織の背後に黒い影が現れ、伊織を羽交い絞めにする。

「羅刹！」

櫂は伊織を羽交い絞めにしているのが羅刹と分かり、声を張り上げた。荒々しい息遣いの羅刹は、こめかみや肩、わき腹から血を流していた。伊織も傷を負っているが、明らかに怪我が

ひどいのは羅刹のほうだった。

「そやつは吾のものだと言うたはずだ――」

羅刹はそう言うなり、伊織の首筋に嚙みついた。肉を引きちぎり、床に吐き出す。伊織が痛みに呻き、背負い投げの要領で羅刹を床に叩きつけた。狭いお堂の中で大きな鬼が組み合い、櫂はどうすればいいのだと焦った。

「比丘尼、俺を癒せ！」

伊織は首から噴き出る血を押さえ、金切り声を上げる。八百比丘尼がゆらりと立ち上がり、伊織のほうへ近づいていく。強い羅刹が何故伊織よりも怪我を負っているのか謎だったが、その行動で解明した。伊織は時々八百比丘尼から怪我を治療してもらって闘っていたのだ。それなら羅刹の分が悪いのも納得できる。このままじゃまずいと櫂は伊織に近づこうとする八百比丘尼の腰にタックルした。

「羅刹！　外へ！」

櫂が八百比丘尼を押し倒して怒鳴ると、羅刹が心得たというように伊織の首を太い腕でホールドしてお堂の外へ引きずりだす。

「う、ぐ……っ」

下敷きにした八百比丘尼が呻き声を上げて、櫂はどきりとした。それほど強く摑んだつもりはなかったのに、八百比丘尼が苦しげに胸を掻きむしる。何が起こったのだと、櫂はつい八百比丘尼から身体を離した。八百比丘尼は自由になっても、床の上で悶え苦しんでいる。

「――こんばんは」

　お堂に場違いな呑気な声がした。面食らって振り返ると、お堂の入り口に那都巳が立っていた。黒い法衣を着て、勝手にお堂に入ってくる。

「な……、何、が？」

　何故この場に那都巳がいるのか分からなくて、櫂は呆気にとられた。だが、意味もなく那都巳がこの場に来るはずがない。八百比丘尼が目の前で苦しんでいる原因は――おそらく彼だ。

「身体の一部を使った呪詛は効いているようだ。ああ、苦しんでいるあなたの顔は美しい。ずっと見ていられる……今は弟子に呪詛を続けさせている。夜明けまでしろと命じてあるから、まだまだ苦しめますよ」

　那都巳は床の上で喘いでいる八百比丘尼に顔を近づけ、うっとりした声を出す。傍から見たら危ない人種だ。

「あなたは安倍の……。そう、私を苦しめているのですね。私はこの程度の呪詛では死にませんけれど……」

　八百比丘尼は顔を歪めつつ、よろよろと立ち上がった。

「けっこう。そうでなくては、やり甲斐がないというもの。ところで比丘尼、あなたにあの無作法な鬼は似合わないと思いますよ。人を喰いすぎて、理性のかけらも残っていない。そろそできません」

「私は衆生を救いたいのです。人々の願いを聞き届けたい……、鬼とはいえ、見捨てる真似は
　那都巳は破壊された壁から境内で闘っている羅刹と伊織を見やり、言う。

ろ手放してはどうですか」

　八百比丘尼は胸を押さえながら健気に微笑む。

「彼の執着するこの男が引導を渡すというなら、どうです？」

　那都巳が櫂を指さして言う。八百比丘尼は艶めいた笑みを浮かべ、「それならば、あの鬼も本望でしょう」と頷いた。

　八百比丘尼は胸を庇いつつ、静かにお堂を出て行った。那都巳はそれを引き留めず、境内で闘っている羅刹に加勢するわけでもない。櫂は気になってお堂の入り口から、八百比丘尼が消えたほうへ視線を向けた。八百比丘尼の姿はどこにもない。

「那都巳……何故？　助けに来てくれた、のか？」

　櫂は信じられない思いで、護摩壇の前で倒れている太観を脇に移動させる那都巳を仰いだ。

　那都巳は慈空と太観の脈がしっかりしているのを確認して、その場に寝かせておく。あれほど八百比丘尼に執心していたくせに、見逃していいのか。

「まぁ、そういうことになるかな。このまま君を放置するのは寝覚めが悪いしね。不老不死になった君を研究するのも悪くないと思ったけど」

いつも通りひょうひょうとした口ぶりで、那都巳が笑う。

「先生！　無事か⁉」

お堂に飛び込んできた者がいた。Tシャツ姿の草太だった。草太は破壊された扉や倒れている千寿たちに気づいて仰け反ったが、耀の無事を確認して胸を撫で下ろす。

「よかったぁ、那都巳を連れてきた甲斐があった！」

草太はその場にしゃがみ込んで、安堵の息を漏らしている。

「お前がこいつを連れてきてくれたのか……？」

耀は戸惑いつつ、草太に尋ねた。役に立つと言って飛び出したのは、那都巳を連れてくるため……？

「そうだよ。そこの半妖君は、俺のところにきて君たちを助けてくれって。無一文だったから、俺の式神になるなら助けてもいいよと言った」

耀はサッと顔を強張らせ、草太に駆け寄った。草太はびくりとして身をすくめる。

「馬鹿！　何でそんな約束したんだ！　こいつの式神になるってことは、こいつの命令に逆らえないってことだぞ！」

耀が怒りに声を震わせると、草太は頭を抱えて、半べそになる。

「だって、俺、ぜんぜん役に立たねーんだもん！　俺が考えられる最上の手がそれだったんだからしょうがないだろ！　伊織はすぐ治っちまうし、羅刹が持たないって目に見えてたし！

そ、それに、ほら、もう経を唱える奴らさえいないじゃないか」

草太が倒れている僧侶を示して言う。櫂はぐっと言葉に詰まり、拳を握った。草太の言う通りだ。慈空も太観も倒れた今、残りの数時間、加持を行う者がいない。あと少しだったのに

——と櫂が唇を噛んだ矢先、消えかけた炉の炎を立ち昇らせ、那都巳が護摩壇の前に座る。

「あと数時間で、邪気加持は整うんだろ。そこへ座れば？　俺が最後の締めくくりをするよ。半妖君に頼まれたからね」

那都巳が涼しげな口調で経を唱え始める。草太はその声音に惧れを抱いたように逃げ出した。櫂はもやもやした思いを抱いたまま、仕方なくその場に正座した。慈空と太観はどんなに揺すっても目を覚まさない。死んでいるわけではないが、八百比丘尼によって深い眠りにつかされたようだ。

「何だよ……、八百比丘尼はいいのか」

五鈷杵を櫂の身体に押し当てて、残った邪気を追い払おうとする那都巳に、櫂は素直になれずに口を尖らせた。邪気加持をするより、八百比丘尼を追うほうが那都巳らしいのに。

「正直、八百比丘尼を追いかけたかったけれど、俺がいないと君、陰陽師に戻れないんでしょう？　君に言わせると俺は友人らしいし」

小馬鹿にした口調で那都巳が呟く。人の揚げ足を取る言い方にムッとしていると、那都巳が皮肉っぽく笑った。

「半妖君があまりに必死なんで、気が向いただけだよ」

那都巳はそう言って、慈救呪を唱え始める。

那都巳は夜が明けるまで、粛々と加持を行った。やがて肉体から一切の邪気が消え去るのが分かり、櫂は完全に元の自分に戻った。元に戻ると同時に、首から心臓めがけて黒い染みのように広がっていた呪詛もくっきりと表れてくる。

「那都巳……とりあえず、礼を言うけど、草太の件に関しては後で話があるぞ」

お堂の中に日が差し込み、櫂はすっきりした気持ちでそう告げた。心身共に軽く、腹はかなり減っているが、霊力は高まっていた。那都巳は軽く肩をすくめ、炉の火を消している。

外に出ると、朝焼けが眩しかった。境内には至るところに破壊された跡があり、灯籠や手水場の石が大きく欠けていた。

櫂が気配を辿って境内の奥に行くと、和信和尚の像の前で半死状態で横たわる伊織の姿を見つけた。その横には羅刹が立ち、仁王立ちで伊織を見下ろしている。草太もすでに来ていて、恐ろしげに伊織を覗き込んでいる。

「引導を渡してあげなよ」

いつの間にか背後にいた那都巳が、背中を押す。櫂はゆっくりと伊織に近づいて虫の息の鬼の姿を眺めた。

「伊織……、俺はこんなことのために六年もお前の治療代を捻出していたわけじゃないぞ」

櫂は変わり果てた友の姿に胸を痛め、つい詰るような言い方になった。血だらけの顔で伊織がうっすらと目を開け、唇を歪ませる。笑ったのだろうか？　しゅーしゅーという音が口から洩れている。

「お前は……特別」

しわがれた声で伊織が呟いた。その言葉が意味するものが櫂にはもう分らなかった。伊織は理解できない遠い場所へ行ってしまった。

伊織を倒さなければならない。自分を襲いにきたからというわけではなく、伊織をこれ以上汚さないために。人でなくなった伊織を止めるために。これは自分にしか出来ないことだ。かつて好きで好きでたまらなかった友人を、この手で終わらせる。

櫂は静かな声で鬼を調伏する術をかけ始めた。羅刹と草太にはこの場を離れてもらい、印を組み、伊織の身体を拘束していく。

「臨、兵、闘、者、皆、陳、裂、在、前……」

櫂は凛とした声で、神仏の力を借りた。

「……急急如律令」

静かにそう唱え、伊織の額に触れた。すると伊織の身体が砂のように輪郭を失い流れていった。肩が消え、足が消え、手が消え、角が消え、最後に見覚えのある瞳が残る。櫂は最後までそれをじっと見ていた。伊織は目を見開いたまま、太陽の光に溶けるように消えていった。肉体さえも残らないなんて、伊織は心身共に鬼になっていたのだと悲しくなった。

「終わったのか」

羅刹が疲れた様子で声をかけてくる。櫂は自分の身体の痣を確認した。呪詛の痕は、跡形もなく消えた。伊織を倒すことで、呪詛は解けたのだ。

「ああ……終わったよ」

櫂は目尻に溜まった涙を拭って、振り返った。羅刹がそうか、と呟き、倒れかかってくる。

「お、おい！　しっかりしろ！」

羅刹の大きな身体を支えきれず、櫂は地面にへたり込んだ。羅刹は気力だけで立っていたようで、血だらけの身体で意識を失っている。

「草太、那都巳、手伝ってくれ！」

櫂にはとても持ち上がらない重さに助けを乞うと、草太はすぐに手を伸ばしてくれたが、那都巳は面倒そうに身を引いた。

「半妖君、がんばって」

那都巳は慈空たちを介護するとうそぶいて、とっとと立ち去っていく。那都巳にはまだ聞きたいことや言いたいことが山ほどあった。特に草太の件に関しては看過できない。

だが今は少しだけ――。

「羅刹、ありがとうな」

傷ついた身体で倒れている羅刹を抱きしめ、櫂は安堵した。

この先、羅刹とどういう関係になっていくかは分からない。それでもこうして腕の中にいる羅刹を愛しく思った。たとえ相手が鬼だろうと、この感情は本物だ。

空を見上げると、太陽が徐々に高く上がっていくのが目に映った。

何もかもが終わったのだと思い、櫂はしっかりと羅刹を腕に抱きしめた。

■八章　それぞれの道

　足場を組んで作業する男たちを本堂の横で見守りながら、櫂は改めて隣に立つ慈空と千寿に頭を下げた。

「この度は本当に、お世話になりました。おかげでこうして生き永らえてます」

　作務衣姿の櫂が深々とお辞儀すると、袈裟姿の千寿が嬉しそうに頰を弛めた。その隣にいるこの寺の住職である慈空は、優しい笑みを浮かべ、櫂の肩に手を置いた。

「一時はどうなることかと思ったが、悪運が強いな。正直、あの比丘尼が現れた時はもう駄目かと思ったぞ」

　慈空はあの日の情景を思い返し、目を細める。鬼や化生と死闘を繰り広げたのは、つい先週のできごとだ。慈空や千寿、協力してくれた高僧のおかげで、櫂は今はすっかり元気だ。毎日ご飯が美味しいし、生きる活力も湧いている。

「お前を助けに来てくれたんだろ？　あの安倍晴明の子孫。いいとこあるじゃないか」

　千寿は櫂と那都巳の関係をよく知らないので、単純に微笑ましいと喜んでいる。

「まぁ……、とはいえ、しばらく大変な状態ですよね。申し訳ない。お布施はたくさんするつもりですので」

櫂は境内を見回し、苦笑した。

十日の加持祈禱の間、羅刹と伊織が暴れ回ったので、寺のあちこちが崩れている。特に六角堂は壁も窓も破壊されていて、駆けつけた宮大工に「一体何が起きたんですか⁉」と目を白黒された。修理費用が恐ろしいことになるだろうから、櫂は弁償すると慈空に申し出た。慈空は弁償ではなく、お布施をしろと櫂に笑った。これまで伊織のために高額治療を払い続けた櫂だ。これからは、慈空の寺にお布施をし続けるしかない。

「それにしてもあのような不可思議な化生がいるとは……。坊主の身でも信じられないものだな。あの比丘尼はどこへ行ったのだろう？」

慈空は未だに八百比丘尼の存在に衝撃を受けていて、その名を口にするたびに身震いしている。鬼や物の怪を調伏する術がまったく効かなかった比丘尼は、異質そのものだった。善悪では語り切れない独特な存在。行動という意味では、比丘尼は昔も今も、罪を犯しているとは言い難い。慈空や太観もただ眠らせただけだし、櫂に対しても自分の肉を食べさせただけだ。それがどれほどおぞましく、身勝手な行為だとしても、結果として比丘尼は櫂に傷一つ負わせていない。

（人の望みが分かると言っていた……。自分ではそれを叶えてあげているつもりなのだろう）

比丘尼を思い返すにつれ、憐れみに似た感情が湧いてくる。

不老不死になるか、鬼になるかの瀬戸際だった時、櫂は何を食べても味を感じず、苦しい日々を過ごしていた。もし比丘尼も同じだとしたら、それは耐え難い拷問だ。死ぬこともできず、食の楽しみを見出すこともできず、怪我を負ってもすぐに治り、延々と長く続く『生』の道を行かねばならない。

こんな苦しみがあるだろうか。

その苦しみの前に、自分を保つのは困難だ。比丘尼がたとえおかしくなろうとも、仕方ないとさえ思える。

「比丘尼はお前の先祖かもしれないと言っていたな」

慈空がふと思い出したように呟いた。櫂が頷くと、悲しげに目を伏せる。

「もしかしたら比丘尼は、お前という道連れを望んでいたのかもしれぬな」

慈空が囁き、櫂はそうかもしれないと思った。もし櫂が同じように死ねない身体になったとしたら、一人ではいられないから。誰でもいい、自分の肉体を喰わせて同じような身体にしたいと思うのではないか。

「落ち着いたら炎咒寺のお坊様に挨拶に行こうと思っています」

櫂は道を開いてくれた高僧を思い出し、慈空に言った。荒行はまだ続いているらしく、いつか顔を合わせた際に比丘尼の話を聞かせたいと思っていた。慈空もその時は一緒に行こうと言い出してくれた。

「そろそろ行きます。また顔を出しますから」

櫂はぺこりと頭を下げて、境内の修復作業に勤しむ大工たちに挨拶しながら門のほうへ足を向けた。九月も半ばとなったが、まだまだ暑さは続いている。寺の門を潜ると、駐車場があって、そこにTシャツに細身のズボンを穿いた羅刹が立っている。手にはうちわが握られていて、「遅い」と文句を言う。

「すまん、すまん。いろいろ挨拶があって。さぁ家に帰ろう」

櫂は表情を弛めて羅刹に近づき、車のドアを開けた。クーラーを効かせ、涼しい風を頬に受ける。助手席に乗り込んだ羅刹は暑そうにうちわを扇いでいる。

伊織との闘いでかなり負傷した羅刹だが、一週間もするとすっかり怪我は治った。体力も戻り、毎日雪の美味しいご飯を平らげている。

「急いで帰らなきゃな。今日で雪さん、帰っちゃうから」

櫂は車を発進させ、帰路についた。長い間、家のことをやってくれた雪だが、そろそろお暇しますと昨夜言われてしまった。雪がいると食事は美味しいし、家は明るくなるしで、ずっといてほしいくらいだったのだが、さすがにすべてのことが片づいた今、引き留めることはできなかった。雪にも仕事があるし、何よりまだこれから未来がある女性だ。こんなゲイの怪しい仕事をしている男の家に囲うわけにはいかない。

「雪さんが帰ったら、式神を急いで作って、家のことをしてもらわなければならないな。さすがにもう伊織を作る気にはなれないから、誰をモデルにしようか。千寿をモデルにするか、雪さんをモデルに作っちゃ駄目かな」

　車を運転しながら、燿は困り果てて羅刹を窺った。

「あの坊主が常に家の中にいるのは邪魔くさい。雪でいいだろう」

　羅刹は結構雪の作るご飯が好きだったのだ。雪さえいいと言ってくれたら、雪の式神でも作ろうか。そんなくだらない話をしているうちに、自宅に辿り着いた。

「燿様。お帰りなさいませ。お客様がいらしてます」

　玄関に出迎えてくれた雪が、エプロン姿で微笑む。

　どんな客だといぶかしみつつ居間に顔を出すと、そこには那都巳のくつろいだ姿があった。クーラーの利いた部屋で、草太と一緒にかき氷を食べている。ポロシャツにズボンのラフな格好で、燿を見るなり軽く手を上げてきた。

「やぁ。元気そうだね。聞いたよ、昨夜の満月の晩には魑魅魍魎が現れなかったって」

　氷をしゃりしゃりさせながら、那都巳が言う。燿は出鼻をくじかれて、口をへの字にした。自分から報告するつもりだったのに、すでに知っているなんて。

　――そう、昨夜の満月の晩、百鬼夜行は現れなかった。こんなことは生まれて初めてで、燿は日付を間違えたのではないかとか、夜空に浮かぶ丸く光る月が欠けているのではないかと疑った。

「おかげさまでね。昨日だけだったのか、あるいは呪縛から逃れられたのか分からんが……」

　櫂は羅刹と共にテーブルについて、難しい顔つきになった。すかさず雪が櫂と羅刹の分のかき氷を持ってきてくれて、ミルクシロップをかけてくれる。

「おお、美味い。うま、う、く……っ、この痛みは⁉」

　羅刹はかき氷をがっついて食べて、頭がキーンとなって身悶えている。毒でも入っていたのかと雪を険しい表情で睨みつけたので、冷たいものは急いで食べるなと教えておいた。

「よかったじゃない。ますます長生き出来そうだね」

　那都巳は皮肉っぽい笑みを浮かべて言う。

「まぁ……そうだな」

　櫂はちらりと羅刹を見やり、かき氷をスプーンですくった。

　昨夜の満月の晩に魑魅魍魎が現れなかった理由は分からない。もしかしたら八百比丘尼が何かしたのだろうか？　櫂のために物の怪を退けてくれた？　あるいは物の怪たちは、櫂ではなく、八百比丘尼のほうへ行ったとか――さまざまな考えが浮かんだが、どれが正解か答えは出ていない。もしかしたら次の満月の晩には物の怪が大挙して押しかけるかもしれない。今のところ、確かなことは何も言えない状態だ。

「そんなことより、那都巳。お前には問いただしたいことがあるぞ。助けてくれて感謝もしているが、草太の件だよ」

　櫂はのんびりしたムードに流されてしまった已を叱咤し、ひっかかっていた件について切り出した。草太を式神にするという件だ。草太は櫂を助けるために、那都巳の元へ走った。どうやら匂いを辿って那都巳の家を割り出したらしい。実は草太は嗅覚が強い鬼だったらしく、マンションに現れた草太を見て、那都巳も絶句したらしい。

　あの後、事が終わると那都巳はいつの間にか消えていた。櫂も慌ただしかったので、こうして会いに来てくれて助かった。

「草太を式神にするなんて取り消してくれ。雪さん、雪さんだって嫌でしょう？　大切な息子がこいつの式神なんて」

　櫂は身を乗り出して那都巳を睨みつけた。自分が話題になると草太は首をすくめ、雪は困った表情で頬に手を当てた。雪が自分と同じように怒っていないことが気になり、櫂は眉根を寄せて二人を交互に見た。

「手回しのいい俺が、半妖君の母君に何もアプローチしてないと思う？」

　那都巳に馬鹿にするような笑いをされ、櫂は顔を引き攣らせた。雪がほうっと息をこぼす。

「櫂様。草太のしでかしたことで、申し訳ありません。私も最初、那都巳様に気色ばんで詰め寄ったものですが、くわしく話を聞いていると思ったよりもいい条件で。何よりお仕事をもらえるのが……」

雪に恥ずかしそうに言われ、櫂は「は……？」と顔を歪めた。

「半妖君の教育をするって言ったのさ。このままじゃ人間社会じゃやっていけないしね。もちろん半妖君として、俺の仕事も手伝ってもらうけど、代わりに指導もするつもり。ついでに心配なら雪さんも家にどうぞってお招きした」

那都巳にいけしゃあしゃあと言われ、櫂はあんぐり口を開けた。雪が今日でお暇するというのは、このあと那都巳の家に移動するということなのか。

「お、お、お前……っ、雪さんをどうするつもりだっ」

雪を奪われて腹が立ち、櫂は腰を浮かしかけた。

「別にどうもしないけど。雪さんには断られちゃったし。櫂は気に入らないみたいだけど、半妖君とはもう契約しちゃったからね。すでに俺の式神だよ」

那都巳にしれっと明かされ、櫂は絶望して草太を振り返った。草太は「てへ」と言いながら舌を出している。身体は大きくとも頭は三歳児の草太を丸め込むなど容易(たやす)いものだったろう。

ますます那都巳に対する不信感が湧いた。

「そう、心配するなよ。前の俺だったら、半妖とはいえ鬼の式神に対して情を持たないところだけど、君たちを見ていたら鬼に対する見方が変わったしね」

那都巳が羅刹と櫂を見て、ふっと笑う。

「それに半妖君をここに置いたら、まずいんじゃないの？　鬼君と血で血を洗う闘いになるかもしれないだろ？」

那都巳に含む言い方をされ、櫂はうっと呻いた。羅刹はちょうど酒をとりに席を立ったところで、聞こえていなかったのが幸いだ。確かに草太は性に目覚め始めたところで、櫂に対して興味を抱いている。このままここにいたら、やがて羅刹と争いになるかもしれない。雪もそれに勘付いたから、那都巳に預ける決心をしたのかも。

「心配なら、たまに半妖君の様子を見に来ればいいだろ」

那都巳に何気ない口調で言われ、櫂は一瞬戸惑って固まった。

「……いいのか」

もじもじして聞くと、ぷっと噴き出されて笑われた。家に来てもいいと言われて喜んでしまった自分が恥ずかしい。本当に忌々しいことに、自分は那都巳に友情を抱いている。しかもそれを那都巳に見透かされているというおまけつきだ。我ながらコミュ力の低さに眩暈がする。

「絶対に草太を見捨てるなよ？　奴隷みたいな扱いも駄目だからな！」

那都巳が笑っているのが腹立たしくて、櫂はくどいほどに念を押した。草太は雪に「奴隷って何？」と首をかしげている。まだ三年くらいしか生きていない草太は、この世に恐ろしいことが山ほどあるというのが分かっていない。こんな子どもを那都巳に預けるのは不安だったが、これも成長するためには必要なことなのだろう。

那都巳の良心というものを信じてみるか。

「今夜はごちそうを作りますね。お世話になったお礼に」

雪は腕を振るうといって、キッチンに消えた。那都巳は今日、雪と草太を引き取りに来たらしく、ついでにご相伴に与かると言っている。羅刹は酒瓶を抱えながら、生姜焼きとハンバーグとから揚げは絶対に作ってくれとキッチンで雪にねだっている。

騒がしい空気が家の中に広がっている。櫂はそれを楽しげに見つめた。

夕食はテーブルに載りきらないくらいのごちそうが並んだ。雪は羅刹の好きなメニューをたくさん作り、しばらく食べられるようにタッパーに詰めて冷蔵庫にしまってくれた。

羅刹も草太も、すごい食欲で、貪るように雪の手料理を食べている。櫂と那都巳用にさっぱりした食事も用意され、夕食は楽しいひと時になった。

テーブルの上の料理をあらかた食い尽くし、まったりと食後のお茶を飲み、那都巳がそろそろ行くよと草太に声をかけた。

「先生、またすぐ遊びに来るからな！」

草太は事の重大さをあまり分かっていない様子で、出て行く時も明るく手を振っている。櫂の家に残ると駄々をこねてくれるのではないかと期待したのに、まったく何もなかった。なついていた猫がさっさと家を出て行くみたいで、寂しくなって櫂は肩を落とした。

「櫂様、長い間お世話になりまして。また顔を出しますので」

雪はすでにまとめていた荷物を車に運び、深々と頭を下げる。

「雪さん、本当にありがとう。この恩は一生忘れません」

櫂は雪の手を強く握り、目を潤ませて感謝した。雪も草太が消えてつらかった時期を思い出したのか、目尻に涙を浮かべる。

「ほら、とっとと行くよ。ここはとんだ田舎だから、家につくのが遅くなる」

那都巳は素っ気ないもので、草太と雪に早く車に乗れと急き立てている。情の薄い男だ。三人が車に乗り込み、櫂は家の門からそれを見送った。羅刹は終始どうでもよさげに突っ立っていて、一緒に暮らしていた草太と雪が出て行ってもあくびをしている。

「何故泣く？　前から思っていたが、お前の目は壊れているのか？」

二人が消えて寂しくて目を潤ませていると、羅刹が困惑気味に覗き込んでくる。

「うるさいな。俺は寂しがりなんだよ……。本当は涙もろいんだ」

櫂はじろじろと顔を眺める羅刹に背中を向け、拗ねた口調で言った。羅刹の長い腕が肩にかかり、櫂は寂しさをまぎらわすように寄り添った。静かになった家の中に戻ると、寂しさが押し寄せてきて、居間に戻るのが嫌になった。

羅刹の手を引いて、縁側に向かう。

「羅刹」

縁側に座り、櫂は潤んだ目を羅刹に向けた。羅刹が何だというように腰を下ろして見つめてくる。

「俺はひどい男だな。自分は一人でいるのは耐えられないくせに、お前にはいつかそれを味わわせてしまうんだからな」

　櫂は無性に申し訳なくなって、羅刹に抱きついた。羅刹は無言で櫂の髪を指で梳く。

　櫂は人間であることを選んだ。不老不死になるか鬼になれば羅刹と一緒にいられると分かっていたのに、それを選ばなかった。いや、選べなかった。

「そうだな。だが、お前が自分勝手で見栄っ張りで淫乱な陰陽師だというのは最初から分かっていた。今さら何を言っている？」

　羅刹にあっさりと突き放され、櫂は涙も乾いてムッとした。

「そこまで言うことないだろ」

　しおらしくしていた自分が恥ずかしくなり、羅刹の腹に軽くパンチを当てた。羅刹は笑って櫂の肩を抱き寄せ、唇を重ねてくる。目を閉じて羅刹の唇を吸い返し、櫂は自然と頬を弛めた。

「吾は鬼だから好きなように生きる。お前もそうしただけのことだろうが。それをとやかくは言わぬ。お前はいつか吾より先に逝くかもしれぬが……それまではせいぜいお前の式神として役立ってやろう」

　櫂の髪をまさぐりながら、羅刹が耳朶に口づけつつ囁く。

　櫂の寿命が途絶える日——それはまだ遠い先だが、確実に訪れる。その時、櫂は羅刹をどうするのだろう。置いていくのを憐れんで調伏するのか、それとも鬼に看取られてあの世に旅立つのか。今の櫂には何も視えてこない。想像すら出来ない。

「俺の式神か……。手に余るな」

櫂は微笑んで羅刹の背中に手を回した。

釈迦はこの世に生まれ出た者には八つの苦しみがあると説いた。生老病死（しょうろうびょうし）、怨憎会苦（おんぞうえく）、求不得苦（ぐふとくく）、五蘊盛苦（ごうんじょうく）、そして愛別離苦（あいべつりく）。――生まれ、老いて、病にかかり、死ぬ。憎んだり恨んだりしたものに出会う苦しみ、求めるものが得られない苦しみ、心身の苦しみ、そして愛するものと別れなければならない苦しみ――。

人である以上、それは避けられない苦しみだ。櫂はそれを手放すことができなかった。人が好きだから。人でありたいと願ったから。

不老不死や鬼になったら、その苦しみがなくなるかもしれなかったが、それを手放したら自分は自分でなくなると分かっていた。櫂は人のまま羅刹を愛したかったし、人のまま苦しみたかった。これは櫂の中に確固としてある真理だ。

陰陽師として多くの経典を読み、神仏と共に生きてきた櫂にとって人として死ぬことですべてが整う。この世を旅立つ最期の日まで、鬼を愛し続ける。

「初めて愛した相手が鬼とは、俺も相当変わっているな。俺らしいと言えば、俺らしいけど」

口づけが深くなってきて、櫂は羅刹の重みを受け止めながら呟いた。羅刹は櫂の首筋に吸いつき、大きな手で身体を弄（いじ）ってくる。夜とはいえ、こんな縁側で淫（みだ）らな行為をするなんて、と言いたかったが、どうせこの広い屋敷には鬼と櫂の二人きりだ。

「お前は俺の鬼だ。それを忘れるなよ」

羅刹をきつく抱きしめ、櫂は誇りをもって告げた。羅刹が小さく笑って、「寝首を掻かれないようにすることだな」とうそぶく。

——式神の名は、鬼。

櫂は愛する鬼を抱きしめて、目を閉じた。

あとがき

こんにちは夜光花です。

『式神の名は、鬼』も無事完結いたしました。文中に出てくる真言とか術は全部でたらめなので信じないで下さいね。

今回陰陽師ものということで、登場人物は五行思想に合わせて名づけています。火は炎咒、水は氷室櫂、木は草太、金は安倍那都巳、土は土井伊織です。陰陽師……なんかかっこよさそうという安易な気持ちで書き始めましたが、本当に最後のほうまで受けが駄目な子で、あまりかっこよくならなかったのが残念です。

最初は受けも不老不死になれば羅刹と仲良く暮らしていけるのではと思っていたのですが、実際書いてみると受けはそんなの嫌だというキャラで、作者といえど思い通りにならないものだと感じました。人間に戻れなかった場合の結末を考えてみましたが、もともと人を遠ざけていた受けがさらに人との関わりを断って羅刹と愛欲に溺れるという微妙なバッドエンドで読んでいる方も面白くないだろうと。当初の予定では最後に羅刹は仏に仕えて鬼神となるはずだったのに、ぜんぜんそこまで辿り着けず。まぁ羅刹はハンバーグ食べてるのがお似合いなのでいいと思います。八百比丘尼はできるだけ気持ち悪く書こうと思っていたので、予定通りいけて満足でした。

この後、那都巳と草太でちょっと書きたいものがあるので、少し続きます。こちらもよろしくお願いします。

イラストを担当して下さった笠井(かさい)あゆみ先生、毎度忙しいのにありがとうございます。まだイラスト拝見できていませんが、出来上がりがとても楽しみです。羅刹が鬼らしくて赤髪にしてよかったなとつくづく思います。ラストまでおつき合いいただきありがとうございました。

担当さま、テレワークが続く中、大変だったと思います。細かい部分まで見ていただき大変助かりました。ありがとうございます。

読んでくれる皆様、生きているといろんなことが起こるなぁと思うこの頃、娯楽の役割を果たせたら嬉しいです。感想などありましたら、お聞かせください。

ではでは。また次の本で出会えるのを願って。

夜光花

この本を読んでのご意見、ご感想を編集部までお寄せください。

《あて先》〒141-8202　東京都品川区上大崎3-1-1　徳間書店　キャラ編集部気付
「式神の名は、鬼③」係

【読者アンケートフォーム】
QRコードより作品の感想・アンケートをお送り頂けます。
Chara公式サイト http://www.chara-info.net/

式神の名は、鬼③……………………【キャラ文庫】

■初出一覧
式神の名は、鬼③……書き下ろし

2020年6月30日　初刷

著者　夜光 花
発行者　松下俊也
発行所　株式会社徳間書店
〒141-8202　東京都品川区上大崎 3-1-1
電話 049-293-5521（販売部）
03-5403-4348（編集部）
振替 00140-0-44392

印刷・製本　株式会社廣済堂
カバー・口絵
デザイン　百足屋ユウコ＋モンマ蚕（ムシカゴグラフィクス）

ISBN978-4-19-900996-9

夜光 花の本

好評発売中

[式神の名は、鬼]

イラスト✦笠井あゆみ

満月の夜ごと百鬼夜行が訪れ、妖怪に襲われる——その標的は八百比丘尼(やおびくに)の血を引く肉体!? 代々続く陰陽師で、妖怪に付き纏われる人生に膿んでいた櫂(かい)。無限の連鎖を断ち切るには、身を守る式神が必要だ——。そこで目を付けたのは、数百年間封印されていた最強の人喰い鬼・羅刹(らせつ)!!「今すぐお前を犯して喰ってしまいたい」解放した代わりに妖怪除けにするはずが、簡単には使役できなくて…!?

夜光 花の本

好評発売中

「式神の名は、鬼②」

イラスト✦笠井あゆみ

妖魔の呪詛に蝕まれた痣が、体を覆いつくすまであと半年——解呪の手がかりを求め、焦燥を募らせていた陰陽師の櫂(かい)。そんな時、仏教画に描かれた人物が消えるという依頼で山奥の寺に赴くことに!! ところが絵の中に描かれた尼の姿は、なんと櫂に瓜二つで…!? 閨房術で式神にした人喰い鬼・羅刹(らせつ)との情事は制御が効かず暴走気味、さらには先輩格の陰陽師・那都巳(なつみ)までが櫂への執着を深めて!?